安達與島村 4

入間人間

插畫／のん

Kadokawa Fantastic Novels

「妳不吃便當嗎？妳叫作島村對吧？」
「嗯，對。」
「要一起吃飯嗎？還是妳有和人約好了？」
「是沒有。」
島村
把頭髮弄回天生髮色，
有點少根筋的女高中生。
雖然化妝花費的時間比安達多，
卻覺得她比較漂亮。

「那個，不好意思……妳的這個掉了。」
「喔，謝謝……啊！這個！嗯，真的很謝謝妳！」
安達
體型細瘦，沒什麼曲線。
對島村抱著不該有的想法，
卻因為最近無法待在她身邊而感到苦悶。

「島村，我可以坐妳旁邊嗎？」
「坐吧。」

「會不會太多了？」
「如果有妳想要的，就給妳。」

我曾和島村在她家玩。
和島村一起聽音樂。
曾經和大家一起去唱卡拉OK。

一起度過
聖誕節。
也曾在情人節時
送她巧克力。
我曾以為就算升上二年級，
我們也能一直在一起。
我該怎麼做，
才能再繼續待在她身邊？
來找找看可能
讓島村開心的地方好了。

入間人間

插畫：のん

安達與島村 4

Kadokawa Fantastic Novels

第一章 「櫻與春」

我偷偷望向櫻同學的側臉，而她的表情就和大家說的一樣，彷彿是由冰組成的。

她那雙對任何事物都不抱興趣的眼睛，就像是只映照出眼前景色的鏡子。

這是在我國中三年級時的春天所發生的事情。升上三年級後換了班級，我也刻意低調一點，結果不知道什麼時候就被指派為圖書委員了。正確來說應該是叫文化委員，但職務內容是負責顧圖書室，所以我覺得說成圖書委員也沒關係。而我馬上就被叫來執行我第一次的工作了。

坐在櫃台的人是我，以及櫻同學。

老實說，我很緊張。

我一年級時也和櫻同學同班，但我們從沒說過話。不過，我遠遠觀察，也能看出她是什麼樣的人。她待人一點也不親切，相當冷淡，也不常說話。

而且她的側臉美得晶瑩剔透。

我想就是因為這樣，她才會被人說像冰雕一樣。我現在也實際體會到這一點了。

不過，我也不能一直這樣痴痴看著她的側臉。

我在深呼吸之後，下定了決心。

「那個……」

我含蓄地小聲呼喚她。櫻同學原本失焦的茫然雙眼恢復了光彩。

「……什麼事？」

經過一小段時間，櫻同學才轉過頭來。絲毫不感興趣的光潤雙眼，在極近距離下注視著我。真的有種她完全不在乎周遭事物的感覺。我甚至覺得她願意來顧圖書室是非常難得的事情。但是，她還會再來第二次嗎？

像今天一樣是在午休時過來就算了，我感覺如果時間是在放學後，她絕對不會來。

「呃，圖書委員的工作……卡片……」

從剛才開始就有一位想借書的女生站在我們眼前。

因為櫻同學一直沒有動靜，我才只好出聲提醒她。

「啊，喔。」

櫻同學這時候才終於開始動手。明明她一直面向前方，卻好像完全沒發現有人。櫻同學沒有很慌張，平靜地開始處理借書卡。等了一陣子的女生手扠著腰，一臉很想說些什麼的表情，但或許是因為櫻同學完全不在乎讓她等了一下，她似乎不知道該怎麼開口，只是默默地站在櫃台前。不知不覺間，櫻同學也處理好了借書的準備程序。在櫃台前等的女同學心不甘情不願地在卡片上寫下名字和日期。櫻同學看著彎腰寫字的女同學的頭，細聲說道：

「……抱歉，讓妳久等了。」

女同學似乎一開始也不知道她是在對自己說話。櫻同學撇過視線之後，女同學才抬頭看向她。女同學只吐得出一句「啊，嗯……」，並微微點頭。
在旁邊聽著的我也是嚇得說不出什麼話。我很訝異她居然會道歉。我以為她是個態度更旁若無人的人，所以對她這麼老實地道歉感到很吃驚。
不過櫻同學好像沒怎麼反省自己的工作態度，又開始發起呆來了。
我也再次偷偷觀望她的側臉。
櫻同學在教室裡也是差不多的情形。她不跟人說話，也不和人走在一起，總是獨自行動。她似乎並非受到孤立，而是保持孤傲的樣子。證據在於她雖然總是獨自一人，卻沒有被人作弄的跡象。一出手，就會遭到她的冷漠反擊——或許是因為她帶給人這種強烈印象吧。所以大家都會刻意避開櫻同學。
我之前也是那麼做的人之一。不過，我的視線卻自然而然地，被近距離下的櫻同學吸引過去。
能如此近看「難以接近的事物」的機會不是常常有。
沒錯，光是看著就夠了。
櫻同學會吸引他人目光，在男生之間也很受歡迎。但是，沒有人想接近她。
因為冰很冷，很銳利，而且相當脆弱。

結果就和我想的一樣，第二次輪到我們負責圖書委員勤務的時候，櫻同學就沒有來了。因為是放學後來值班，所以可以說我的預測是完全命中。我一點也高興不起來。我在櫃台的椅子上半彎著腰思考該怎麼辦。該繼續坐著，還是出去找她？她還在學校裡嗎？我猶豫得扭起腰，最後決定去找她了。因為我覺得就算她真的馬上回家，現在也應該還在鞋櫃附近。

我一出圖書室就立刻跑起來，好讓櫃台空著的時間能短一點。我大力踩著下樓的階梯。不曉得多久沒有這樣拚命跑過了。至少冬天的時候不曾這麼做，因為冬天實在沒那個心情到處跑。沒想到在這種方面上也能找到春天帶來的影響。

而急忙趕往鞋櫃之後，也真的找到了櫻同學。

正從鞋櫃拿出鞋子的櫻同學轉頭看向飛奔而來的我。

她好像不認為我是要找她，又立刻轉過頭。

「等一下，等一下！」

我邊叫住櫻同學，邊一步步走近她。有點緊張。

櫻同學發現真的是要找她，便一副覺得很麻煩似的再次回過頭來。

「今天……要去圖書室值班……」

「啊……有這件事啊。」

她似乎只是忘記了。櫻同學交互看著我跟鞋櫃。

她在點了一次頭以後，就緩緩往校舍外頭走去。

「啊，喂喂喂，這樣不行啦！」
我有點害怕，但還是抓住了櫻同學的制服袖子。櫻同學沒有甩開我的手，卻是一臉嫌麻煩地轉頭看向我。她的眼神和眉毛中完全看不到半點幹勁，毫無多餘的東西。
「那個就算不用兩個人都去，也有辦法應付吧？」
雖然是在找藉口逃避責任，不過她意外戳到了痛處。圖書室不會大排長龍，確實是一個人也可以應付。而且，其實上次櫻同學也幾乎沒什麼在做事。
但她這樣我會很傷腦筋。要是櫻同學不在，我待在圖書室也沒什麼意義。
「呃……可是今天輪我們值班啊。」
我說不出有說服力的話，只好保險一點地拿責任來說服她。或許是聽到我這麼說也很難反駁，櫻同學又不情不願地把鞋子放回了鞋櫃。像前陣子對借書的人道歉時也是這樣，看來櫻同學還是滿明理的。雖然這和她給人的印象兜不攏，讓我挺意外，不過她說不定出乎意料的是個很普通的人。
我和重新穿上室內鞋的櫻同學一起走著，途中，我仔細看向碰到櫻同學——正確來說是碰到衣服——的手。
映入眼簾的並非凍僵的手指，而是像平常一樣只冒出淡淡紅色的手。
我帶著櫻同學回到圖書室。櫻同學沒有多加抵抗就直接坐上了櫃台的位子，然後像上次一樣一直發呆。她中途也偶爾會打哈欠，不曉得那是代表她很睏，還是很無聊。

而且，她也沒有像我一樣拿圖書室的書來消磨時間。

靜靜坐著的她，到底在想什麼呢？是不是在想這段時間可不可以趕快結束？

一股好奇心湧上了心頭。因為我從沒遇過像櫻同學這麼令人摸不著頭緒的人。

「妳不看些書嗎？」

我提起少許勇氣，試著和她搭話。櫻同學用手托著臉頰說：

「如果是喜歡的書，我就會看。」

這是一個我不知道該怎麼解釋的含糊回答。大概是因為櫻同學不求他人理解自己吧。

「不介意的話，要不要幫妳介紹一些我覺得挺有趣的書？」

我期待能用自己的方式拉近和櫻同學之間的距離，用上了我僅有的勇氣。

可是——

「咦？不用了，不需要。」

櫻同學卻輕輕揮了揮手。接著便立刻把視線轉回前方。

她的反應讓我愣住了。她對待他人善意的態度當中，沒有半點和善。但看起來也不像覺得很煩，而是始終保持平淡的態度。

看來她是真的完全沒興趣啊。反倒是我開始好奇起來了。

究竟有什麼東西能引起她的興趣？我不斷偷瞄她的側臉。

沒想到擔任圖書委員會變成這麼刺激的職務。

我明明正看著手上的書，翻著書頁，卻沒有半個字進到我的腦海裡。
我尋找著和櫻同學之間的某種契機。雖然在尋找，卻不可能會有那種東西。
徹底磨平的光滑冰層表面僅僅是散發著寒氣，絲毫不讓任何事物靠近。
既然再等一百年也不會看到對方接近自己，就只能由我主動上前了。
而想了解對方，就需要對話。無論如何，我只能先和她說話。
「櫻同學妳……呃……假日的時候都在做什麼呢？」
「沒做什麼。就是睡覺，或是躺著。」
這兩個應該是同一件事吧？而且她也不像是在敷衍了事，大概真的就是那樣吧。
櫻同學不會撒謊這點是很好，可是這樣根本聊不下去。
「呃……那……妳的成績很好嗎？」
「算普通吧。」
「啊，這樣啊……是喔……」
搞不好她有開口回應我就算不錯了。畢竟被無視才最令人難受。
雖然現在就是第二難受的狀況。
用這種方式去了解她，根本不可能弄清她的想法。
我必須更深入一點。
這麼做可以打破她心裡的那層冰嗎？

還是只會害我自己滑倒？

在煩惱的的途中，我的眼前模糊了起來。視野邊緣變得愈來愈接近純白。

我像是要流下大滴淚珠般低下頭，開口說：

「櫻同學……妳有……朋友嗎？」

這個問題的回答來得毫不遲疑。

「沒有。」

她如此斷言。有一種純白的東西像雪崩一樣落到我身上——我從她的回答中感覺到這種強而有力的氛圍。

摸著書角的手指開始緩緩抖動。

「這樣啊。」

「嗯。」

那，既然這樣——

喉嚨在發抖。

要不要和我做朋友？

我很想這麼說，也試圖這麼說。可是，我卻無法馬上說出口。

我在學校裡有好幾個朋友。但我並不是用當面說「要不要和我做朋友」這種彷彿在請對方跟自己交往的方式交到那些朋友的。所以我想這麼說的時候，心裡就突然冒出了羞恥和害怕被拒絕的恐懼，而我需要一點時間排除這些情感。

若我在這時候先說出口，或許有些事情就不一樣了。

不過……

依然直直面向前方的櫻同學，卻自言自語般地說：

「我就這樣沒朋友也無妨。」

冰層沒有產生半點裂痕。

既澄澈又光滑，相當冰冷，而且堅硬。

看見她那張側臉，原本快說出口的那句話也只能逃之夭夭。

「……這樣啊。」

我的回答也等同於自言自語。

由於這次真的被無視了，我這一刻才終於死了心。

在那之後，我就只是一直看著櫻同學。我再也沒有積極向她搭話，也沒有在她不小心忘記值班時去找她。不過，她大多有來值班，而我在負責圖書委員事務的期間都會假裝看書，偷偷觀察她的側臉。

我理解了自己最多只能接近她到這種地步。

每當我看到那美麗的粉紅薄唇，都會覺得——

我大概搞砸了什麼。我有這種感覺，也為此感到後悔。

但即使搞砸了，我也依然樂此不疲地看著櫻同學的身影。

進到第二學期後，我們換擔任其他委員，我和櫻同學小小的接觸機會也就此消失。

雖然我們在同一間教室，但我找不到向她搭話的機會，再加上櫻同學的缺席天數也愈來愈多。看來她是覺得麻煩，就不會來學校了。

之後，我跟櫻同學間也沒發生什麼事，就這樣順其自然地來到了畢業典禮當天。我原本很擔心櫻同學會不會不參加畢業典禮，不過她姑且還是有出席。但她大概不記得我了吧。櫻同學正低著頭，僵著身子，看起來好像覺得很無聊。

我遠遠看著這樣的櫻同學。

她雖然在隊伍的前段，卻不時左右晃著頭。

校長的一長串致詞結束後，就再也不能像這樣看著櫻同學的背影了。

只有現在，我很希望校長那總是令人反感的嘴巴永遠不會講到口乾舌燥。

畢業典禮結束後，大家就各自聚成小團體，或是離開體育館。我帶著某種預感離開了朋友們，快步走到外頭。

整齊排列在學校中央大道的櫻花樹，已經隱約露出了花瓣的色彩。

現在是距離櫻花樹開花還要一段時間，仍在等待春季新芽誕生的季節。我眺望著遠方的淡淡粉紅色時，發現那些櫻花底下有一個很眼熟的背影。看到的瞬間，我的腳就開始擺動，肩膀開始晃動。我奔跑了起來。

「櫻同學！」

我叫著她的名字靠近她。櫻同學緩緩回頭。

即使身在即將來訪的小小春天底下，櫻同學的那層冰仍然堅固無比。

不知道是不是因為多少還記得我是誰，她的眼神微微動了一下。

「什麼事？」

在我眼前的是不會不捨與任何人離別，正打算默默離去的櫻同學。

是我認識，而且總是觀察著的那個櫻同學。

不知為何，看見她的冷淡態度讓我好高興。

「那個，妳要保重——不對……」

說出自己根本不那麼想的空洞話語，又有什麼意義呢？

一想到這是最後一次見到她，心裡就湧上了一股像是棄自己於不顧的勇氣。

自暴自棄？徹底改變？還是積極？

這樣的想法鼓舞了自己。

有句話我知道無法傳達到她的心裡，但還是想告訴她。

所以，我對她說：

「謝謝妳。」

一句感謝的話語。

謝什麼？——櫻同學瞇細雙眼，看起來很想這麼問。這其實是在感謝櫻同學給我一段能觀察毫無防備的她的時光，以及極為短暫的刺激感受。但我想就算一本正經地對她這麼說，她也一定不會深受感動。

而且我也沒有鉅細靡遺地把這件事傳達給她的意思。

因為這樣，所以我露出了笑容。櫻同學一時面露很狐疑的僵硬表情，但不久後就語氣冷淡地簡短說了聲「那真是太好了」。這句回答中毫無關心，純粹是表面話。

一股要是傳達到我的心裡，就會感到心寒的尖銳寒意在胸口擴散開來。

嗯，真的是太好了。

我小聲回應她。接著，櫻同學沒有說半句再見，就離開了。

我就這麼聽著身後眾多聲音的熱鬧合奏，目送櫻同學離去。

過了不久，觸及胸口的冰塊便開始融化。

很不可思議的，這讓我的胸口和腋下附近感受到了溫暖。

我想，今後就算在鎮上看到櫻同學，我應該也不會和她說話。

正因如此，我才要對她說聲謝謝。

那道背影像花瓣一樣飄動，漸行漸遠。

櫻同學就這麼頭也不回地，融入了與她名字很相襯的櫻花色風景當中。

「喔～原來安達叫作櫻啊。」

「嗯。」

開學典禮結束後，安達在我們一起走到校舍外時提及了這件事。

由於現在不是仰望漫天櫻花的時期，凋零的櫻花瓣都已經黏在地上了，所以我感覺這件事在這時候提起，好像缺乏了一點活力。盡可能避開那些花瓣的話，走起路來就會像喝醉酒的人。

「之前是不是有聽妳說過？」

「大概有。」

安達微微點頭。是第一次在體育館二樓見到她的時候說的嗎？我完全不記得了。

「喔～是喔……」

我隨便點點頭，替我們的對話製造空檔，同時望向遠處的體育館。

那裡的地板在冬天時像冰原一樣冰，但今天舉行開學典禮時比較沒那麼冰了。之後陽光漸漸轉強，體育館的「那個地方」也會跟著愈來愈舒適。這麼一來，原本只會令人有如身處修行之地一樣難受的那裡，就會變成避難所。我們應該不會再去那裡了吧？我偷偷斜眼瞄向

安達的側臉。她看起來不像說得出「不要緊，再也不用去了」的樣子。

不過，我和安達居然還認識不到一年啊。有點意外。

我和安達之間的關係仔細想想真的是挺奇妙的，我們就像是認識十年的朋友，但有時候又覺得我們之間的友誼淡薄到好像明天以後就見不到面。或許是這段友誼的根基沒有打穩，才會這樣搖擺不定。但我不太清楚要怎麼做，才能讓這段關係穩定下來。

嗯……

「小櫻。」

我故意叫她的名字調侃她。安達一開始是面無表情，沒有任何反應。不過她後來好像發現到我是在叫她，又睜大了眼睛看著我。她有些害羞地笑了一下，隨後她這副靦腆表情下的臉頰、耳朵，甚至是纖細的脖子都染上了櫻花般的粉紅色。喔，真是名副其實呢。

「還是該叫妳櫻同學？」

我繼續捉弄安達，就看見她的頭髮舞動了起來。她的身體微微上下抖動，讓左右兩旁的頭髮像動物的耳朵一樣跳動，感覺有點可愛。當事人似乎沒什麼餘裕，所以我邊走邊等她冷靜下來。頭髮拍動的聲音停下之前，我一直看著正前方。

「哎呀？」不再聽見那道聲音以後，我不經意地看向旁邊，就發現她正面露傻笑。安達臉上露出了滿面笑容。

她臉上浮現了彷彿臉頰融化般的鬆懈表情，感覺隨時都會發出「嘿嘿呵嘻嘿嘿」的笑聲。

原來她也會有這種表情啊——我看著這副稀奇景象的途中，安達像是驚覺到我的視線似的抬起頭來。她鬆懈的表情立刻收斂，臉頰上的粉紅色也轉變成朱紅色。

「怎……怎樣？」

安達的眼神左右游移，好幾次試著重新握好書包，同時開口這麼問我。雖然她似乎比剛才冷靜了，但看來沒有察覺自己現在是什麼表情。

要是我把這件事說出口，她的反應應該不只這樣。我有點猶豫要不要告訴她，不過最後還是決定把這個祕密留在心底。

畢竟要是容易害羞的安達跑掉，要去追逃跑的她也很麻煩。

「沒什麼，我只是在看妳而已。」

我隨便敷衍一下，安達就驚訝得向後仰，眼睛也是不斷轉動……為什麼？

「咦，是……是喔，只是在看我……這樣啊……」

她這次又換成嘴角在抽搐。看樣子她是刻意擠出笑容卻擠不太出來，結果她的眼睛和嘴巴就變得像切開的蘋果那樣。這樣臉不累嗎？

我和這樣的安達一同走出校門，然後在走到農田前的道路時，感覺到一種像是被人撫摸後腦的異樣感。我馬上就察覺到產生這股異樣感的原因了。是正在走路的安達有問題。

「安達，妳為什麼要跟著我走？」

我一問，安達就僵住了。接著她便像是很受傷般垂下了眼角，眼神不安地望向我。咦，

什麼？怎麼了——她用這種求助的目光看我，讓我嚇了一跳。

「妳沒騎腳踏車上學嗎？」

腳踏車停車場當然在學校裡面。而且我家跟安達家的方向完全不同，沒有理由一起走。

安達到底想去哪裡？

「啊，妳是指那個啊……」

束縛著安達臉頰的東西放開了她，使她的眼角和嘴巴鬆懈了下來。

不過妳說「那個」，除了這個以外還有哪個嗎？雖然我不太懂是怎麼回事，總之她露出了安心的表情。

她在教室時一直是面無表情，我還以為她心情很差，但看來不是那樣。

升上二年級後，我們在教室裡是照著名字的五十音順序坐，所以安達的座位在我的座位左斜前方。我有和新認識的同學們簡單說過幾句話，可是安達看起來沒有和任何人說過話。

她偶爾會看向我，然後又低頭撇開視線。

她的態度僵硬、冷淡，單純是在等待時間經過。

而這段時間結束之後，她就會來到我身邊。她這一點真的和我妹妹很像。

看她這樣，我雖覺得她真是一點也沒變，卻也有點擔心她。以一個姊姊的角度面對同學是有些奇怪，但我就是會忍不住用這種觀點看她。

安達有辦法順利融入新班級嗎？

呃，不過要是問到她去年有沒有融入班上，我也只能說沒有啦。

我覺得，安達就是那樣的女孩……不過，只要她願意放開心胸，就能看見她各式各樣的表情。

而且安達似乎挺黏我的。

「島村？」

「安達有時候會露出很像狗的表情呢。」

我省略了「看起來無精打采」這個部分，指出這點。

「不，才不會。」安達摸著鼻子和臉頰否定。難道她討厭狗嗎？

我自己是滿喜歡狗的就是了。

話說回來，安達不趕快折回去，沒問題嗎？

妳這樣直直走，會走到我家去喔。

我錯失了再次開口的機會，在凋零櫻花描繪出的春天下行走。

然後為陽光投射在我背上的這份溫暖，輕吐了一口氣。

附錄「日野家來訪者1」

星期五放學之後，有人說想去我家玩，於是我故意擺出明顯很排斥的表情。

「咦～」

「我應該兩年沒……不不不，應該是三年……三天前的晚飯是吃什麼啊？唔……」

看我啦。不要事到如今還在懷疑自己的記憶力，快看我啊，永藤。

即使我對永藤發送念力，她依然毫無反應地繼續走，我就放棄這麼做了。

所以，那一天連永藤也一起到了我家來。

走過住宅區小路裡的長長石板路後，永藤望著我們抵達的那間房子說：

「看起來就像別墅一樣，真不錯呢。」

「是嗎？」

我對永藤的感想感到疑惑。在我的認知中，講到別墅就會想到西洋風格的建築，跟這棟房子完全搭不上邊。雖然裡面有很多綠色植物，有寬廣庭院，也有枝葉茂密的樹木，甚至還有烏龜擅自定居下來。這樣是很有大宅院的感覺，但哪裡像別墅了？我一問，永藤就指來指去地說：

「像是有石板路、池塘，還有樹木的味道，都讓人覺得很像別墅啊。」

永藤動著她的鼻子，四處吸著味道。妳用不著聞成這樣啦。

不過這裡的確和她說的一樣，飄散著大自然的味道。因為這棟房子被在住宅區中顯得很不自然的大量綠色植物圍繞，外型也是日式風格，還種著許多樹木，也有那麼點老舊。雖然有經過幾次改建，但最裡面的宅邸外牆還是保持著它原來的黯淡模樣。那是爺爺他們住的地方，隔壁也有用來開茶會的茶室。而我偶爾也會被強行帶進茶室。

因此我不是很喜歡那裡。

「這棟房子還是一樣很大呢～」

「應該只是很矮又廣闊而已吧。」

我打開又矮又廣的這棟房子的門，就看到正在擦鞋的女傭抬起頭，對我們露出笑容。

「歡迎您回來。」

「是～我回來了～」

就算對方是永藤，但在同學面前受到這樣的待遇還是會覺得有些難為情。

該說是有點不食人間煙火，還是太有千金小姐的感覺了呢……我從以前就很討厭帶朋友來，心中產生的負面情感也是一模一樣，可是我卻無法說清楚那到底是什麼心情。

「打擾嘍。」

永藤從我身旁冒出來，強調自己的存在。她的大胸部也頂在我的手肘上，強調自身的存

在。不愧是「肉之永藤」。我們究竟是在幾時出現成長差距的？

「這位是客人……啊，不，是您的同窗好友吧？」

「是朋友，只是普通的朋友罷了。」

她不是什麼了不起的人物，所以也沒必要講得那麼誇張。

而且何必把永藤跟我放在一樣的高度呢。

「我馬上就去吩咐廚房，為兩位準備茶水。」

「啊～不用了，不需要。」

畢竟對方是永藤嘛。

「我有買飲料過來，還請放心。」

永藤從揹著的包包裡拿出午後紅茶的寶特瓶。那是中午喝一半的耶，感覺好像還溫溫的。看著瓶內飲料不斷晃動的女傭也面露了苦笑。

「總之她就是這樣的傢伙，就不要太在意了。」

我推著永藤的背走進屋內。走廊的木製地板被擦得光滑明亮，一個不注意就會腳滑，不管習不習慣都一樣。走過玄關，就會看見兩條通往不同地方的路。直直走會通到屋內各處，往右則會走到能眺望中庭的外側通路。順帶一提，我奶奶就住在我們左邊的房間裡。她還開玩笑說自己和爺爺是分居狀態。

從往外面的路到我房間比較快，於是我們往右邊踏出了腳步。

永藤用覺得很稀奇的眼光看向天花板和牆壁，同時跟在我後頭。
在這條走廊上走了一小段時間後，我偶然撞見了那張許久不見的臉。
「呃……」
不小心遇上正好走出房間的哥哥了。他是四子——鄉四郎。對方也察覺到我的存在，瞇細了眼睛。
「妳的反應真失禮耶，阿晶。」
這個哥哥到兩年前都還待在家裡，所以和他碰面的機會比遇上其他兄弟還多。我和鄉四郎哥的感情是不壞，但我很怕遇到他。因為他是會囉囉嗦嗦一大堆的人。
「真難得，妳居然會帶朋友來。」
換上和服的四哥微微一笑。
「她只是擅自跟來的而已啦。」
「您好啊哇。」
要講就只講「啊」或「哇」其中一個啦。「我是她的哥哥鄉四郎。」四哥無謂鄭重地對從我身後開口問候的永藤深深低頭致意。他沒有見過永藤嗎？還有，妳用不著說「我是家裡經營肉店的永藤」來跟他對抗。由於永藤外表看起來很聰明，所以她這樣做會一反她的真實個性，讓人覺得很有禮貌。
「今後也請妳多加指導及鞭策我們家的阿晶。」

「是！我已經用鞭子狠狠鞭策過她了。」

「…………………………………」

先不論永藤，鄉四郎哥說這番話不是在開玩笑，真的是正經過頭了。

我為什麼非要受同學指導不可啊？

之後四哥抬起頭，以稍微嚴厲的神情告誡我：

「裡頭有客人，妳們可別太吵鬧了。」

「好好好，我知道了，你慢走。」

我隨便揮揮手，和他道別。我們明明是在同一個家長大，為什麼個性會有這麼明顯的差別呢？

哥哥他們非常死腦筋，我甚至懷疑他們是不是被塞在竹筒裡長大的。

「剛剛那個人跟日野長得一模一樣呢。」

「不，我覺得不像。」

哥哥他們全都長得很高。小時候的我還覺得他們看起來都和父親沒兩樣。

我走在能眺望中庭的通路途中，才點點頭理解到原來有客人來訪。

希望之後不會要我也去向客人打聲招呼。

「對對對，話說回來……」

聽到永藤合起雙手的聲音，我便轉頭望向她說：

「怎樣？」

「我想起妳的名字叫作晶了。」

這傢伙似乎也到了現在才想起這種早該記起的事情。大概是四哥有叫我的名字，才想起來的吧。

明明以前還喊著「小晶」四處追著我跑，虧妳忘得了耶。

這傢伙的腦部構造太難以理解了。因為她雖然這樣，在學校的成績卻很不錯。

「妳的哥哥們叫什麼名字來著？」

就算問了，妳記得住嗎？但我還是回答了一下：

「長子叫階一郎，次子叫德二郎，三子是又三郎，然後剛才那個是鄉四郎。」

因為是照數字取，所以算挺好懂的。據說如果我是男的，就會叫大五郎。不過我有聽說父親知道我出生的時候很高興。好像是因為，他在小孩出生之前就先準備了男生和女生的名字，而女生的名字終於沒有白想了的樣子。

「這樣啊～」

永藤點了點頭。她的表情看起來就是我問「妳記住了嗎？說來給我聽聽」的話，絕對講不出來的感覺。

「只要記得是姓日野就好了。」

「是啊。」

以永藤來說，這想法頗聰明的。反正也沒什麼機會見到他們，再說就算永藤想記住他們的名字，也會在過了兩天之後全部忘光光。不過她前陣子去國外旅行時，我們有一星期以上沒見面，她回來以後卻還記得我，所以就不追究了，嗯。

我繞過通路，把邊間的門往一旁拉開。而永藤一進到我的房間就先拿下了眼鏡，和先前揹著的包包一起放上桌子，然後躺到榻榻米上。我才在想她要做什麼，永藤就開始左右翻滾起來了。

「好玩嗎？」

「有濃濃的榻榻米味。」

她邊滾，邊動著鼻子聞味道。

「光是妳的房間，就比我家還大了呢～」

「那是因為妳家有好幾樓吧。」

她家有二樓，也有三樓。我喜歡高的地方，所以很羨慕她。

永藤在翻滾的同時，似乎也覺得很感動。不過我更想問她：「妳這樣滾來滾去，胸部不會卡到嗎？不會痛啊？」附帶一提，我在榻榻米上翻滾不會覺得痛。這是怎樣？

永藤在滾到牆邊時停了下來，然後直接仰躺著用雙腳蹬著榻榻米往我這裡前進。她用有如尺蠖蛾幼蟲的動作鑽進了我的雙腿之間。我以為她想偷看我的裙底，不禁退後了一步。雖然認識她這麼久了，被看到內褲也沒關係，但如果是跑來偷看就有點不敢恭維了。

永藤就這樣躺著往上看向我，問：

「妳不換衣服嗎？」

「啊？」

「換和服啊。」

永藤擺動身體，揮舞著那不存在的和服袖子。在擺動的只有妳的胸部啦。

嘖。

「那又不是便服。」

明明妳應該知道我在家裡也不是總穿成那樣啊。

「可是那是妳的衣服吧？」

「呃，是沒錯啦。」

揮啊揮——永藤揮舞著手臂，催我去換上和服。她的胸部也……以下省略。

以永藤的個性來說，她這次挺堅持的。而她不斷重複同樣的行動時，就是——

「……妳想看是嗎？」

「我想看我想看。」

她像隻海獺一樣拍手吵鬧。要是我不開口制止，她會一直拍下去。

我想起四哥剛才有告誡不要太吵鬧。

「真麻煩耶。」

說是這麼說，我還是去請正好經過的女傭幫我準備和服。雖然女傭說可以在裡面的房間幫我穿，不過我自己會穿，就拒絕了。感覺要是請女傭幫忙，她跟永藤就會熱烈聊起關於我的話題。而我就是不希望演變成那種情況。

像是聊到在家裡的我怎麼樣，在學校的我又是怎麼樣之類的。我不太喜歡別人談論這種事情。

我開始脫起制服。我在脫下裙子後轉過頭，發現依然躺在地上的永藤正直盯著我。

「有事嗎？」

永藤對我的視線感到很疑惑，露出了鬆懈的眼神。

「還問有事嗎，妳一直看我的屁股，我會很在意啊。」

「這也沒辦法啊～」

「妳根本只是隨便敷衍我一句吧。」

「畢竟我只看著妳嘛。」

「……咦，嗯。呃，我想也是啦……」

這話從這傢伙口中說出來，實在很難判斷是什麼意思。

到底是字面上的意思，還是很平常地表達自己總是這樣的廣泛意義呢？

我感覺這兩個都是正確答案。可是就算在看我，也用不著一直盯著我的屁股吧。

有點想問她看著我的屁股在想什麼，又有點不太想問。

我正在穿長襯衣、披上和服時，永藤開口對我說：

「妳的動作很俐落呢。」

「因為有被逼著學過啊。」

「跟百貨公司的包裝紙一樣乾淨俐落。」

我不太懂她是不是在誇獎我。這句話是認真解讀會很累的那種。

換衣服的途中，我一直感覺到永藤不斷地在看我。看別人換衣服好玩嗎？……這樣真的好玩嗎？

雖然綁腰帶的時候有點焦急，但我還是趕緊換好了衣服。

「好了，這樣妳滿意了嗎？」

我故意在永藤面前揮舞袖子。永藤試圖抓住我的袖子，卻沒有抓到。因為她非常厚臉皮地繼續賴在地上，我就利用擺動的袖子誘導她，結果她就緩緩起身追過來了。我正覺得有趣而繼續誘導她時，永藤突然把手放到了我的肩上。

永藤趁我用眼神問她在做什麼的空檔繞到我正前方，然後把嘴唇貼上我的額頭。我的視野有一瞬間差點糊掉，不過我馬上振作了起來。

「……妳喔……」

雖然是一記奇襲，但我不怎麼驚訝。額頭冰冰的。

永藤就這麼把手放在我肩上，神情平淡地說：

「日野真可愛呢。」

「……妳……妳幹嘛突然這麼說？」

反倒是這句話嚇到我了。毫無虛假的稱讚所帶有的份量，足以動搖我的思緒。

「看妳這副模樣，就這麼覺得了。」

永藤目不轉睛地看著我說道。

她的影子覆蓋在我的身上，簡直像在展現不知何時拉開許多的身高差距。

「……妳真的是喔……」

我撇開了視線，不知道該怎麼開口。但永藤卻毫不猶豫地離開我眼前。

她黏過來和離去的動作一樣乾脆，實在很難跟上她的步調。

不過也沒必要硬逼自己跟上啦。我認為我就照自己的步調和永藤相處就好了。

當事人永藤正左右扭動著身軀，於是我用眼神詢問她想做什麼。

「我要不要也換一下衣服呢？該怎麼辦呢～」

「啊？換衣服？」

「其實我今天想住在妳家喔。」

「啥？」

這傢伙怎麼講得好像事不關己一樣啊。

在我為這個先前完全沒聽說的預定行程感到吃驚時，永藤把包包扛了過來。

「反正房子這麼大，多我一個人也不會被發現吧。嗯嗯。」

永藤不知為何一副很得意的樣子。她接著打開包包，把裡頭的換洗衣物跟盥洗用具拿出來排在一旁。看來她是要裝這些東西，才會揹著比平常還大的包包。我真的沒聽說妳要住下來啊。

「這種事情妳要先說啊。」

「可是說了妳又會不准我來。」

「……妳挺懂我的嘛。」

果然認識久了都可以猜到對方在想什麼呢，哈哈哈。

「我很懂妳吧～？」

永藤又戴上眼鏡，並牽起嘴角。

看著抬了抬眼鏡還一臉得意的這傢伙，就覺得要對她提出抗議是很愚蠢的一件事。

「今天的安達同學」

我走過鏡子前面時被嚇了一跳。因為自己的臉上露著相當鬆懈的笑容。臉頰和嘴角情不自禁地上揚，於是我連忙用手指去壓抑臉部。只是稍微想起中午的事情而已，竟然就變成這樣。

危險危險。

要是被島村看到我這種表情，那就讓人笑不出來了。

第二章 「春與月」

夏天令人倦怠又想睡，秋天天氣涼爽得令人想睡，冬天則是安靜到想睡。春天就更不用說了。總而言之，我的眼皮一整年都很沉重，真不可思議。

果然沒有興趣這種東西的話，就會自然而然地想找事情來填補空閒時間嗎？而且也升上二年級了，我也有點在想要不要開始做些什麼活動。

可是二年級才參加社團又太晚，看來只能學學安達去打工了。但想到這裡，我又猶豫了起來。因為我沒有目標。我想不到賺到錢以後要拿來買什麼或學什麼，所以也沒多少意願努力做一些事情。感覺安達打工好像也沒有什麼大不了的目的，那她為什麼要去工作呢？

就在我想著這些事情，並猶豫著要不要睡一下的時候——

「妳不吃便當嗎？」有人對我這麼說。

這件事情發生在第一學期開始後的第二天午休。

對方不是安達，而是聚集在附近座位的女生小團體。

「妳叫作島村對吧？」對方開口確認我的名字，於是我姑且點頭回：「嗯，對。」

明明只不過是在確認我的名字，我卻覺得好像是用服飾品牌的感覺在叫我，是我想太多了嗎？

「要一起吃飯嗎？」

正中間的女生輕拍準備好的空位，邀我一起吃午餐。我下意識地看向坐在教室左斜前方的安達。雖然安達也在看我，不過我們一對上眼，她就立刻把臉撇向一旁。

安達的表情看起來很驚訝。

「還是妳有和人約好了？」

一旁的女生用含蓄的笑容問道。我回應她「是沒有」，同時在這股氣氛的推動下坐上那個位子。「啊～各位好啊。」我這麼對她們三個打招呼後，現場就響起了小小掌聲。

這是怎樣？

她們三個接著對我做自我介紹。大家講話都很快，我沒有完全聽清楚，不過應該就是像桑喬、德洛斯、潘喬那種感覺。有兩個人的名字很像，所以很容易混淆。（註：「桑喬、德洛斯、潘喬」為遊戲《LIVE A LIVE》西部篇裡的旅行藝人團）

最先和我搭話的那個是桑喬，有戴眼鏡。德洛斯的臉有一點肉肉的，潘喬則是把頭髮染成了比我還鮮豔的顏色。

看來我也被邀進這個換新班級後不久就成立的女生小團體了。我看起來很像喜歡交朋友的人嗎？我原本有染色的頭髮因為疏於照護，又變回了天生的黑色，導致我現在的髮色呈現半吊子的狀態——從她們不會因為我的髮色就拒絕我加入來看，她們應該不是很熱衷於打扮的一群人。

「啊，我沒有在帶便當，所以我去買一下午餐。」

看到周遭的三人都已經拿出便當盒，我便離開了座位。之後往教室門口一看，就發現安達又縮著脖子在看我了。那模樣就像狗或貓在戰戰兢兢地觀察周遭情況一樣，讓人不忍心立刻別過視線。

如果我叫她來，她應該會不開心，而且也不會過來。但我還是往她那邊走過去。接著她先是害怕地抖一下肩膀，然後獨自急忙走出了教室。她走掉時看起來很慌張。我想說反正我也是要去福利社買麵包，本來還想找她一起去的，可是我正打算追上去的時候，安達就往別的方向逃走了。而且她走得很快，就算我快步走，距離還是被愈拉愈遠。雖然用跑的應該就能追上，不過就在我回頭望著教室猶豫該不該跑時，就看不見安達的背影了。要是教室裡沒有人在等我，直接趁著要找安達來遊蕩一下也不壞，但放她們鴿子就太對不起人家了。

等安達回到教室再找她就好——於是我這次就先放棄找她了。

我改往福利社的方向走去。而我最後還是沒在路上看到安達。

買完麵包回到教室後，那個位子依然空著。

既然桑喬都招手要我過去了，也只能笑著坐上那個空位。我帶著「啊哈哈哈」的傻笑坐了下去。

「妳們三個從以前就是好朋友了嗎？」

「不是，我們升上二年級以後才變成朋友。」

潘喬望向其他兩人，徵求同意。其他兩個人也點點頭回應她。

「這樣啊。」

也就是說，會找我也只是因為「我就坐在附近」這種簡單隨意的理由吧。所以如果換了座位，我一定就不會再和這三個人一起吃飯了。

我想自己沒有積極記住她們的名字，大概就是因為知道事情會變成那樣。

「島村同學有參加社團活動嗎？」

「沒有，我沒參加半個社團。」

我搖搖頭回應潘喬的問題。這時候就該回問：「那妳呢？」

「我啊～是有參加熱音社啦。雖然出席率挺微妙的。」

「喔～音樂啊，還有樂器……」

這什麼毫無內容可言的回應啊？我傻眼地為自己的回答輕笑了一聲。

總之，我們就是聊著這樣的話題。老實說事後回想起來，我還是不知道聊這些到底哪裡好玩。

連我有仔細咀嚼再吞下去的麵包都吃不出什麼味道。

我在午休快結束時才從她們三個的束縛中解脫……用「從束縛中解脫」這種講法似乎挺失禮的。講成這樣好像是她們逼我的一樣，我不該這樣說才對。要反省。不過，若要我冒著被誤會的風險說實話，就是其實也不是我主動求她們讓我加入。所以我希望能給我的感想一點浮動空間。

「…………」

感覺這段時間過得意外迅速。

重新分班以後，日野跟永藤被分到別班，我則遇上了類似新朋友的人物。我明天一定也會受她們邀請，並因此露出會讓我有些難受的虛假笑容吧。我的一天將會漸漸變成是以這樣的方式度過。手托著臉頰的我，深深覺得這就像在重新體驗去年的生活。

不對，日野跟永藤出現之後還更有趣一點。

不過我覺得憑我們的交情，應該不會在分班後還積極找對方玩。

我會就這樣逐漸埋沒在嶄新的人際關係中嗎？

從小學畢業，之後在國中交到新朋友。

而國中的朋友到了高中後又見不到面了。

這樣子回想起來，我就發現自己並不會讓交情延續下去。幾乎不會把人際關係帶進下一階段。

大家都是這樣嗎？還是我把人與人之間的關係看得太淡薄了？

或許我是個無情的傢伙。

不過，我是這麼想的——

可以永遠陪伴對方經歷任何事情的強韌情誼並不常見。

浸泡在名為命運的河川裡久了，就連羈絆也會被水泡軟，然後化為碎屑。

安達自從假日過後的星期一開始，就沒有再出現在教室裡了。不曉得她的心境產生了什麼樣的變化。我好像知道是什麼樣的變化，又好像無法理解得太深入。總之才開學不久，教室裡就出現了空位。那個空位非常醒目，而且因為是照姓氏順序排座位，所以馬上就能看出誰不在教室裡。

那一天外面下著雨，原本要在外頭跑步的體育課臨時改成在體育館上籃球。我在一樓籃球場熱身的途中，抬頭看向了二樓。

安達會在二樓嗎？畢竟今天下雨，搞不好她今天根本沒來學校。不過我也沒辦法光靠氣息就知道安達在不在，所以也無法保證她真的沒來。

如果她沒蹺課……不對，直接認定她蹺課也挺過分的。如果安達在這裡，她會跟我們一起上籃球課嗎？我邊接住球，邊想像那個畫面。雖然安達打桌球比我厲害，但論籃球的話，再怎麼說也是我會贏吧。畢竟我也算是有打過籃球的人。

不過，我和桑喬練習傳接球，也沒聽到她說我投球的方式比別人優秀。我試著在投球時想著「快發現我投球方式跟人不一樣啊」，也只看到球順著無力的拋物線回到我手上。說不定是我的經驗在時間風化之下剝落了。

我就這樣繼續傳接球，並不時望向體育館二樓。

我在猶豫要不要去那裡看看。

搞不好安達其實也在等我這麼做。

可是隨便過去看，一個弄不好被老師罵的話，會令學校對那裡的觀感產生變化。讓體育館二樓這個原本有如校方思考破綻的安全地帶就這樣變成巡邏地點之一，實在太可惜了。我內心對此感到抗拒。

要是我一直看著，會不會看到安達探出頭來呢？我這麼心想，往上一看——

「啊，是島兒耶。」

「島兒～」

跟我們班一起上共同體育課而在另一個球場的日野和永藤，在我面前跑著。永藤推著日野的背後，很要好地像在玩扮火車遊戲一樣跑過去。但她們馬上又繞了個大圈折回來。

「嗨，島兒～」

「島島兒～」

「……妳們看起來還真是一點也沒變。」

尤其是永藤。真的很容易看出來，她講話的時候什麼都沒想。

如果看起來總是面色凝重或好像在煩惱什麼的安達也能像這傢伙一樣什麼都不想，心情應該會輕鬆許多。不過永藤是天生就這樣，隨便模仿她會鬧出大事。

「安達兒今天請假嗎？」

日野這麼問我，大概是因為安達不在我旁邊吧。我簡短回答：「大概吧。」

我們又不是一直都在一起——我正想這麼反駁的時候，突然想起好像在哪裡聽過這句話，於是又打消了這個念頭。

「喔～這樣啊。那再會啦。」

「拜呀。」

火車開始前進。沒有上車的我目送她們離開，輕輕笑了一下。

感覺好像被考驗了人際關係的部分課題。而現在的我安全度過了這次考驗。

無法通過這層考驗，跟不上潮流演變的則是安達。

我覺得……這大概不是件好事。

在這個只能在人與人之間生存的世界裡，她這樣大概會遇上許多難題吧。我還算多少有辦法在這種世界度日的人，但安達在這方面上的適應力真的很糟。

這樣的安達今後會怎麼做呢？

會改變自己去適應環境，還是——

「話說啊～島村同學和安達同學很要好嗎？」

來到我附近的桑喬突然問起這種問題。我還以為被看透心思了，趕緊努力不讓心裡的驚訝寫在臉上。而在我沒注意到的時候，桑喬以外的兩個人也抱著球來到了我們這邊。她們三個站的位置是以我為中心排成扇形，讓我很不自在。

「嗯，基本上算是朋友。」
雖然我似乎是安達最要好的朋友，而我對她這個想法也沒什麼意見，可是特地提及這件事感覺會讓氣氛變得很微妙，所以我就省略了這個說明。
「我就知道，去年常看到妳們在聊天嘛。她今天感冒了嗎？」
喔，原來是看到我們聊天啊。我還以為是我們在外頭牽手的時候被看到了。
畢竟到了那種地步就不是「基本上算是」朋友了嘛——我在心裡如此竊笑。
「我沒問她耶。但是她好像真的快感冒了。」
當事人不在時說她是找藉口不來學校也挺過分的，於是我隨便敷衍了一下。
「其實我和安達同學是讀同一所國中，總覺得她給人的感覺變了呢。」
右邊的女生——也就是潘喬這麼說道。我對她說的話有點興趣，看向她的臉問：
「是嗎？」
「嗯。雖然以前也跟現在一樣，在教室都不跟人說話，不過她那時給人的感覺比現在還要更僵硬一點。」
潘喬用手上下比劃，像是在畫一座有點高的小山。
說到僵硬。安達的動作確實很僵硬……不對，是不自然。這不是跟現在一樣嗎？
「我覺得她現在也差不了多少喔。」
「嗯～感覺就是有點不太一樣。就是……比現在還缺乏一些和平的知性感。」

「妳在說什麼莫名其妙的東西啊？」

聽到她的形容，桑喬笑了出來，德洛斯也跟著掩住嘴角。

我一開始也搞不懂她在說什麼，但我認為她的意思應該就是現在的安達不會給人帶刺的感覺吧。這樣形容的話，我也稍微可以理解。至少我見過的安達不常帶刺，而是常常縮著肩膀，一臉無助地往上看著我。

沒有抵抗別人的尖刺，只是僵硬地縮成一團。

安達拒絕他人接觸的思考明明沒有很牢固，卻很執著。

結果，我還是沒有去體育館二樓看她在不在。我無法放任自己脫離大眾，踏出往潮流外的一步。很久沒碰的籃球意外好玩也是我沒這麼做的原因之一。

其實只要不嫌麻煩，到處都找得到樂趣。

簡單來說就是看當事人怎麼看待事情——我在運著球的當下想起了這件事。

體育課結束後，我依然受到桑喬她們的帶動，一起走向教室。

雖然覺得有點不對勁，我的腳卻配合著周遭的人行動。

嘴唇會視周遭反應彎起，臉頰也會順著那只聽進一半的話語上揚。

我冷冷察覺到自己被改造得愈來愈適合生存在這個環境裡。

走出體育館以後，一陣捲著雨水的風從身後吹來。

明明不是很強的風，從身旁吹過時卻會被當中的溫差吹得身體發顫。

春天真的來了呢——對於這種狀況，我只能輕聲說出這段感想。

回家看著妹妹跟社妹發出「唔呵呵～」的聲音嬉鬧雖然會覺得很吵，卻看不膩。尤其看到我妹在這個月初因為升上一個年級，就一副「感覺自己已經不是小孩子了」的得意模樣後再看看她這個樣子，就覺得很好笑。她似乎只要和社妹在一起，就會變得像個小孩子。

一道比像小動物般纏在一起的兩人所發出的嘻鬧聲還稍微冰冷一點的機械音在呼喚著我。那道聲音來自從我回到家後就一直丟在桌上的書包。我邊猜會不會是安達，邊打開書包拿出手機，結果打來的並不是她。也不是前陣子才給手機號碼的桑喬她們。

記得上次見面是在二月吧。畫面上顯示打來的人是「樽見」。

老實說，我很意外她還會再打電話過來。

我走出房間，在走廊上接起電話。

「喂，呃……小樽。」

由於之前最後一次是改用這個稱呼叫她，於是我試著喊喊看這個暱稱。

講起來還有點不自然。這兩個字沒有順暢地溜過舌頭，而是遇上了一些阻礙。

『嗨，小島。』

樽見的語氣聽起來也是有那麼點不流暢。

「…………………………………………」

我本來想問她「有什麼事嗎？」，不過我記得以前好像有人說我老是講這句話，所以沒有說出口。我該說什麼來開頭？「妳好嗎」這樣？

對方在我正煩惱時說出打過來的用意，化解了我的危機。

『改天要不要見個面？』

「咦？」

到頭來也沒怎麼化解我的危機。我不知道該怎麼回答她。

她打電話過來和提出邀約，對我來說都是出乎意料的事情。

之前也有受到她的邀約，結果卻弄得氣氛很僵，傷害了彼此。

感覺只有最後那一小段時光讓我們得到了少許救贖。

她又在期待那種有如獲得解放的平靜嗎？

那一定是很困難的一件事啊，小樽。

『要不要一起去哪裡玩？那個……我這次會努力的！呃，怎麼說，我會想辦法不再把場面弄得像上次那樣。』

樽見似乎也理解這一點，用聽來很積極的語氣表達她的幹勁。她說會努力，要怎麼努力啊？樽見會毫不間斷地一直跟我說話嗎？

那樣好像也挺煎熬的。

「妳說會努力……呃……」

我說不出話來。面對這個以前的……甚至可以說是摯友的人——

我覺得她也不需要那麼努力地陪我玩。

努力玩樂、努力玩得開心——這感覺有些奇怪。

可是，我心裡也有種類似不好意思拒絕她的情感。

「沒什麼，呃……嗯，好啊，妳說要去玩……對吧？」

『嗯，那約這個星期六怎麼樣？』

「不是約放學之後啊……」會花不少時間嗎？「好啊，反正我也沒其他事要做。」

『嗯。呃，還有……我想想喔……』

「怎麼了？」

另一頭傳來一陣咳嗽聲。我屏息等待她在這段有些誇張的預備動作後會說什麼——

『好耶～！』

「……咦？」

『太好啦！我好期待喔～！』

我的眼前突然一陣搖晃。

現在高興得不得了的那個人，跟剛才和我說話的是同一個人。

電話另一端的樽見，也發出了似乎對自己的行為感到很困惑的呼吸聲。

『大概就像這樣。』

「小……小樽小姐？」

『我……我打算當天就用這種感覺面對妳。』

咦——我不禁後退一步，但我的背後是牆壁，所以這麼做只是讓我撞到頭。

「妳想用這種感覺面對我啊……」

總覺得會不斷對我出招啊。我苦笑著說自己沒自信承受住這樣的攻勢。

『妳比較偏好沉穩一點的感覺嗎？』

偏好？

『看來還需要繼續研究呢……』

她留下這句低語後，就掛斷了電話。這部分倒是挺乾脆的嘛。

而我則是被這段有如侵略的單方面攻擊給壓得無法反擊。

結束這段通話後，我倚著牆呆站在走廊上。

雖然我的生活算不上忙碌，但都會在情勢變化的驅使下加快步調。

我多少有感受到，一種因為持續配合自己以外的人事物而產生的疲勞感。

背後的牆壁另一頭傳來妹妹的純真說話聲。我妹與其說在外面會想表現得正經點，應該說她個性上就是會修飾自己的外在表現，所以她很少對家人以外的人顯露真正的自己。

我以前也像她那樣。也像她一樣，有個很棒的朋友。

但不知道從什麼時候開始，就變成現在這樣了。

我不討厭現在的自己，可是我會希望——

會希望妹妹不要失去她現在這份坦率。

「妳待在這種地方做什麼啊？」

母親往走廊看了過來。「沒做什麼。」我這麼回答以後，她就回了一聲：「喔。」

「妳今天想吃什麼？」

「咦？」

「要說是什麼料理風格喔，因為今天要去外面吃。」

交給我決定好嗎？從家裡過去，就只有迴轉壽司、烤肉、不會轉的壽司。

還有——

「那……」

我稍微想到了安達。

「就吃中華料理吧。」

這麼一說，就一定會去安達打工的那間店。

我會選擇吃中華料理不是因為想吃，而是基於這個理由。

其實我們也可以透過打電話或傳郵件聯絡。不過，如果安達真有那個意思的話，就會主動這麼做。假若不是那樣，我們肯定面對面地聊一下比較好。我自己是這麼想啦，但真相如何呢？

我思考著這種事情，跟家人一同前往正如我預料的安達打工地點。

至於社妹，則是不知道什麼時候就回去了。

「這樣又能打聽妳在學校的狀況了呢。」

母親似乎也還記得安達，在我們還在停車場時故意調侃我。

對此，我只有小聲反駁這次應該沒辦法打聽到什麼。

然後——

我們走進餐廳，卻沒看到她。

今天的店員是一名走路很像企鵝的小姐。

看來今天不是安達打工的日子。

我感覺到自己意外地不太清楚安達這個人，也不知道她打工的時間。

「真可惜。」

發現安達不在的母親輕聲說道。

的確是有點可惜啦——我默默把頭撇向一旁，在心裡同意母親的想法。

星期六——一個天上沒什麼雲，四處都可以看見單調景色的日子。這一天，我站在約定的地點，也就是小學的校門口。雖然很好奇竟然不是約在車站前面，不過樽見好像有想好要去哪裡，於是我就把整件事都交給她決定了。我們約十一點，但我出乎意料地很早就抵達了和樽見約好的地點。

似乎是因為我用以前上小學時的感覺走出家門，結果就省了些時間。

畢竟現在腳比那時長了嘛。

哼哼。

久違地走來小學這裡，親眼看見學校有加蓋新校舍時真的讓我嚇了一跳。這件事我有從就讀這裡的妹妹那邊聽說，不過還是不禁想著「好像多了些東西耶」停下腳步，仰望新蓋的校舍。我繞進以前就有的校舍後面，看到跟我當初在這裡讀書時一樣髒的牆壁，便想起了以前跟樽見在校內四處奔跑的回憶。

而那個以前跟我一起到處跑的樽見還沒有來赴約。我拿起手機看看現在時刻，發現差不多要到約好的時間了。

我的胃附近又稍微縮了一下。

我確實有種擔心見面後會怎麼樣的悲觀想法。

明明和安達出門的時候不會這樣啊。

「會這樣大概有很多原因吧……」

藉著這段低語，我放棄去深入思考心境的微妙不同等細微的要素了。

而我最近也沒有聽到安達的聲音。因為在教室時，她都沒有過來找我。不只如此，最近甚至不來上課了。她到底在做什麼？

「嗯……」

我發現自己空閒的時候，意外地常常在思考安達的事情。

可能朋友不多也是我這樣的原因之一啦，但畢竟安達的行為舉止很可疑啊。就算沒有特別注意，她的各種舉動也會在我心中留下印象。

「唔哇！這麼早就到了啊。」正當我想起安達在開學典禮那天的表情也很奇怪時，遠處傳來了樽見的聲音。一抬起頭，就看到穿著便服的樽見正小跑步往我這裡過來。

她穿著灰色的針織服，還有淺綠色的開襟衫，嗯，很普通。我認識的人裡面，果然只有安達會穿著旗袍赴約。雖然她穿起來是很好看啦。

沒有揹著小學生書包的我們聚在小學前面。

「妳在笑什麼？我穿這樣很奇怪嗎？」

樽見揪了揪衣襬。我在笑？我聽她這麼說後摸了一下臉頰，但摸不出個所以然來。

「一點也不奇怪啊。是說我真的笑了嗎？」

「唔……不對，感覺比較像想起了什麼好笑的事情。」

「喔……」

這麼一講就有頭緒了。

「我只是想到之前朋友擺出的怪表情而已。」

「這樣啊。我應該沒有遲到吧？」

樽見抬頭仰望裝設在小學校舍上的時鐘。白色圓鐘還在繼續服務。

「是我太早來了而已。」

「小島妳不是跟人約見面的時候會遲到的嗎？」

「論上學的話，現在也一樣會遲到喔。」

哈哈哈——我在沒有笑點的狀況下笑了一下，試圖化解尷尬。

「嗯……那麼，呃……我要上了喔。」

「嗯？」

樽見彎起身體，像是要儲備某種力量。妳說要上了，是要做什麼？這時——

「呀喝——！小——島——！」

「喔……喔喔！」

明明距離這麼近，她卻像在遠處呼喚我一樣揮著手。

「……那，我們走吧。」

樽見突然又冷靜下來，替我帶路。看來她不太能維持那個狀態。

這樣的話，搞不好過了一段充電時間她又會來個奇襲。提防一下好了。

我們就這樣踏出了腳步。這段開頭出乎意料地不會令人感到沉重難受。

說不定不論理由為何，保持笑容都是很重要的一件事。

我邊走邊看向樽見。她那頭留長到脖子的微捲頭髮和上次見到她時一樣，顏色也依然是同樣的冷色系。她似乎和我不一樣，有用心照護頭髮。她以前會把瀏海剪齊，髮質也很有光澤，不過她現在整頭頭髮都蓬蓬的。

樽見的腳步逐漸遠離學校，讓我默默感到一陣安心。原本還擔心她會配合打電話過來那時的劇變一樣重拾童心，提議去小學裡面玩一圈。身為一個妹妹還在這裡上學的人，那樣做會很尷尬。

要是被學校知道我是她的家人，妹妹會跟姊姊我絕交啊。

「我們要去哪裡？」

跟在樽見身後的我這麼問。樽見回答「還不能說」，同時轉過頭來。

「小島，妳把頭髮弄回原本的顏色了嗎？」

她指著我的瀏海詢問髮色的變化。「弄回來了。」我捏著頭髮說道。

「妳這樣比較好看。」

「是嗎？」

包括我的家人，所有人都是這麼說。只有理髮店會說那樣很好看。

想著想著，就看到樽見把手伸了過來。看她的手伸向我的頭髮，本來還以為是要碰，結果卻是來摸我捏著頭髮的手。她就這樣抓起我的手。樽見的手指和我十指交扣。

「唔喔。」我驚訝得睜大眼睛時，樽見就牽著我的手走了起來。我快步走到樽見身旁以後，她依然沒有放開我的手。她這樣簡直就像安達一樣。不對，她的動作或許比安達流暢。安達的狀況是不知道為什麼所有動作都缺乏曲線。

還有，為什麼大家都想牽我的手？難道大家覺得我是不像狗那樣牽著，就會遊蕩到走丟的人嗎？真要說的話，我其實是覺得出門很麻煩的人啊。這可是個天大的誤會。

「怎……怎麼樣？」

走了一陣子之後，樽見又轉頭看向我。然後努力擺出很開朗的笑容。

這給我的衝擊就某種意義上比她大喊「呀喝」還強。

「說點什麼嘛。」

「有種『啊～對喔』的感覺。」

「啥？」

聽到我的感想，覺得困惑的樽見便笑著皺起眉頭。她的臉部神經還真靈巧。

「我不懂妳的意思。」

「我想起小樽妳是會這樣笑的人了。」

我也想起了自己曾有一段可以不顧周遭眼光的時光。

「真懷念。」

我自己在這麼說的時候，臉上應該也浮現了小小的笑容。

樽見緩緩地上下打量著這樣的我。

「嗯？」

「總覺得小島變得很有女人味……不對，不是那樣……啊～我想不到該怎麼形容。我真笨耶。」

樽見邊把頭髮撥到一旁，邊想著要怎麼表達。

「我覺得，自己大概是想講妳變得很高大了之類的吧。」

「我才想那麼說啊。」

我仰望著比我高半顆頭的樽見。我看著樽見時，她臉上也一直掛著活潑的笑容。她的表情和語氣完全不搭調，老實說感覺很不自然。

「我覺得妳用不著勉強自己啊。」

「不，沒關係。」

樽見維持著那副笑容否定。連嘴巴彎起來的角度都沒變，妳到底是怎麼講話的？

「反正有一半不是演出來的。」

說完，樽見就看回了前方。感覺她走路的速度稍微加快了。

「…………………………」

一道滋滋聲傳進耳裡。不對，仔細一聽會覺得比較接近「唰——」的聲音。

不論到底是哪種聲音，總之很香。

我眼前有塊正在煎的什錦燒。而我只是稍稍前傾著身體觀察這幅景象。

聽到坐在對面的樽見有些勉強地哼著歌，我忍不住微微笑了一下。

「啦～啦啦～啦～」

樽見帶我來吃午餐的地方，是什錦燒店。這是間好像叫作鐵板廚房還是什麼的店，每個餐桌都有設置鐵板。也就是叫客人自己煎。

煎烤的工作全由樽見包下了。她是說自己很會煎。

因為她這麼說，就變成只負責吃的我看著她煎什錦燒。她的動作確實很俐落。先不論技術是不是真的很好，總之她的動作很輕快，看起來就很厲害的樣子。什錦燒意外地沒什麼機會在家裡吃，不知道幾年沒吃過了。我聞著從鐵板上飄來的香味，左右扭動身軀。

不曉得是不是因為今天是假日，店裡可以看到幾群全家大小一起來的客人。至於一群女生一起來的，就我坐在這裡能看到的範圍內來說，是只有我們。女孩子正常都是去吃「一打哩麵（義大利麵）」嗎？

社妹前陣子一直在喊一打哩麵一打哩麵的，讓我印象很深刻。

一跟樽見對上眼，她就立刻露齒微笑。雖然反射性擺出的笑容也是不錯啦。

「妳這樣絕對會把臉部神經弄得很累啦。」

「不，這麼做很重要的。難道……不重要……嗎？」

不知道樽見是否在中途開始懷疑起這句聽來像是說給自己聽的話，講到最後語氣變得不太堅定，也伸手抓了抓脖子。

但她就算很煩惱還是會付出行動這一點，或許是值得學習的地方。

老讓樽見在忙感覺會有些不自在，於是我丟了一個話題出來。

「聽說妳現在是不良少女，是真的嗎？」

樽見沒有放下手上的鏟子，直接把視線從什錦燒轉移到我身上。

「沒有啦，我單純是蹺課蹺得有點凶，說是懶惰鬼比較正確吧。」

「喔～原來跟我一樣啊。」

看來在同學跟教師眼中，有上學是理所當然，沒這麼做就完全是個不良少女了。

「不過小島最近變得很認真了吧？」

樽見在確認什錦燒煎得怎麼樣的同時說道。我用眼神問她為什麼會知道。

「其實小島的媽媽偶爾會跟我母親講電話。我就是從她那裡聽說的。」

她梳著垂下的頭髮講出原因。

「唔……」

我還是第一次聽說這層關係。如果有提到我在家裡的詳細狀況，那可不是一句覺得難為情就能解決的。回去警告她一下好了……不對，以母親的個性來說，要是我這麼講了，她反而覺得很有趣地故意說出來。

說了會讓她更過分，放著不管也會擅自講出口。這是要我怎麼辦啊？

而且，既然認為我有認真上學，那也差不多該讓我帶便當了吧。

「不過也真的是偶爾才講一次電話，中間空窗期很多。我其實很想聽小島親自講一下現在的狀況。而且我今天也是衝著這個……不對，是今天的目的……唔，沒有更委婉一點的說法嗎？」

樽見雙手環胸沉思起來。之前講電話也是這樣，她是會拘泥於用什麼詞來表達嗎？

我只記得她小學的時候會不管一些瑣碎的事，開朗地面對當下狀況。

「算了，總之告訴我吧，我想聽一些妳在學校裡的事情。」

樽見本質上似乎和以前一樣，結果還是把煩惱丟在一旁，提起下一個話題。

「學校的？學校喔……」

有什麼特別的事情好講嗎？這次換我在抱胸苦惱了。

「妳沒有參加社團嗎？」

「嗯。雖然原本是有考慮參加籃球社啦。」

社團的話題啊。一開始先講這個算是很保險的選擇吧。

不對，「保險」是什麼意思？而且我跟樽見現在才真的算開始聊嗎？

「國中的時候也有打籃球嗎？」

「對啊，雖然沒什麼機會上場就是了。那小樽妳呢？」

感覺剛才的「小樽」說得很自然。不對，有特別在意這一點，或許就不算自然了。

「我沒有參加。而且妳想想，我可是個不良少女耶，實在不太適合參加社團這種健全的作風啊。」

樽見的玩笑話讓我輕輕笑了一下。居然是以自己就是不良少女為前提嗎——她這種順序顛倒的講法讓我忍不住笑了。

樽見從旁邊確認什錦燒煎好了沒，也繼續說：

「我一開始也是有乖乖去學校喔。不過，其實我也不是從國中就開始常常蹺課，而且市區裡也沒有會讓我覺得比上課更重要的東西。」

「嗯。」

「只是想到高中畢業之後要做什麼這種很久以後的事情，就覺得靜靜坐在課堂上會很不安。我想要可以思考那些事的時間，才會出去走一走，四處觀察各式各樣的人……其實看著路上的人意外有趣喔。」

「嗯。」

「像是剛才經過面前的阿姨為什麼會走在路上，又是走哪條路過來的等等。一想到這些，就感覺自己好像在拉著這個城市的根。有其他人也參與其中，然後又連結到不一樣的人……很像在推骨牌一樣。」

「嗯。」

「我就是迷上了這種感覺，後來等注意到的時候就變成不良少女了。」

說到這裡，樽見像是回過神來一樣看向我的臉。她看起來有些尷尬。

「結果好像都是我在說話呢。」

「的確。不過我不討厭聽小樽談自己的想法喔。感覺挺新鮮的，沒想到妳會思考這些事情呢。」

而且對我來說與其自己講話，聽別人講還比較輕鬆。

是啊——樽見說著便沮喪地低下頭，把視線撇向一旁。

「小島不知道現在的我是怎麼樣的人，反過來說也一樣。」

「嗯……？」

「就是那個，我……有種想了解小島，也希望小島了解我的想法。」

自稱不良少女的人說著和這個身分不搭調的正經話題。

樽見說著這些話的時候也有辦法把什錦燒翻面，由此可見她顧及周遭的視野很廣。

如果是安達，恐怕底下那面已經徹底焦掉了。

「該說是想分享一下彼此的現況嗎？畢竟大家都活在當下嘛。」

樽見的話語有時會完整顯露出她的感性，變得不太好理解。

但沒有經過修飾的粗糙話語與眾不同，所以會在人心中留下深深印象。

樽見抬起頭。

「簡單來說呢，小島……」

「嗯。」

「我想說我是妳以前就認識的熟人……熟人？而且現在也坐在妳面前……我應該是想這麼說吧。」

樽見抓著頭髮，把心中的焦急完完整整地表露在外。

也就是說——不先停下來思考一下，我沒辦法弄清楚她想講什麼。我們之間並非只是「以前的朋友」，也有從中衍生出的新事物。樽見大概是想這麼說吧——我如此解釋她這段話。

「我在說什麼東西啊？」

當事人卻撇下右邊眉毛，對自己說的話感到困惑。但我開口說：「不過……」

「我好像大概懂妳的意思。」

「呃，不用太懂也沒關係啦，因為很難為情。」

樽見左右揮動自己的手和鏟子否定。的確，感覺要是全部仔細解釋，好像會變成青春到極點的話題，我擔心自己無法直視那種狀況。或許把細節敷衍過去才是比較聰明的做法。

「咻～咻咻～咻～」

樽見順著煎烤聲哼起歌來，可能是想掩飾心裡的難為情吧。聽著聽著，我忍不住發出了

「呵嘿嘿嘿」的奇怪笑聲。

希望可以快點煎好——我心裡稍微冒出了這種想法。

之後她幫我把煎好的什錦燒切塊，裝在盤子裡。樽見沒有碰自己那塊切好的什錦燒，反倒是觀察著我的反應。我在這道視線下動起筷子，切下邊邊的一小塊放入口中。好燙。可是現在有人在看，沒辦法做些太難看的動作，於是我只好硬是裝作鎮定地忍著嘴裡的燙傷吞下什錦燒。我的眼角應該沒有泛出淚來吧？

「怎麼樣？」

「嗯……」

我在賣了點關子後對顯露不安的樽見笑說：

「很好吃。」

「對吧。」

看到樽見得意的笑容，我的嘴角也不禁跟著上揚。

「記得小島很喜歡吃這種東西對吧？」

她像我母親在自豪自己煮的菜很棒時那樣，看向我的盤子和臉。

「這種東西？」

我用筷子指向什錦燒，樽見就用能喚醒我記憶的講法解釋：「妳在兒童會的時候曾經說過啊。」

イカ玉 …七〇〇円
ミックス焼 …一〇五〇円
トッピング各一〇〇円
・もち
・チーズ
・キムチ
焼ソバ …
オムソバ …
焼うどん …六
イカ塩焼 …
エビ塩焼 …
豚キムチ …
ウィンナー …
ライス …
Ringo

這句話令我想起來以前發生過的事了。

「啊，確實有這回事呢。」

以前兒童會的大家曾一起到什錦燒店吃午餐。

雖然我不記得詳細情形，不過我那時候或許有說過自己喜歡這種食物。

連起司口味這點都很符合我的喜好。我訝異地說：

「喔～虧妳還記得這種事情耶。」

老實說，我幾乎不記得樽見喜歡什麼東西。

難道我是無情的人嗎？

「也沒什麼好奇怪的，畢竟是跟小島有關的事情嘛。」

樽見抓了抓臉頰，臉不紅氣不喘地說道。

吞到一半的什錦燒差點卡在我的喉嚨。

我動起手上的筷子。樽見則是面帶笑容觀察我的一舉一動。

「會冷掉喔。」

「嗯。」

樽見拿著筷子，而且就這樣一直注視著我。

吃完這餐，我們先喝喝茶緩和胃部的刺激，才又來到了外頭。我沒有放開被樽見自然牽起來的手，就這樣在她的帶領下走在令人懷念的道路上。這是小學時常常在走的路。

這條路上不知何時冒出了便利商店，多了十字路口，也新開了間超市。不過，那個眼睛像混濁彈珠一樣的大大貓咪招牌還是維持以前的樣貌，讓我覺得有些安心。

好久不見——我在心裡偷偷對那不會變老的貓打聲招呼。

「啊，那裡有間不知道是賣什麼的店。」

樽見伸手指向招牌。那個招牌是塊跟放很久的醃菜一樣滿是皺痕的木板，但店面外觀是以紫色和黃色為主的花俏風格。店門口還裝著緞帶擺飾。不過招牌上寫著雜貨用品店，應該就是那種店吧。

「我們進去看一下吧。」

「咦？嗯。」

我就這樣被樽見牽著走進雜貨用品店內。

裡面看起來也只像是一般的飾品店。店內四處擺著很有女人味的商品，而樽見嘴上說是偶然找到這間店，腳步卻是毫不遲疑。她直直前進，直接走到後面的吊飾區。之後，她指著櫃上對我提議：

「要不要買個一樣的？」

「咦？嗯。」

這些吊飾要掛在手機上稍嫌大了點，看來應該是用來掛在書包上的。

我的書包上現在沒有半點裝飾，買一個來掛著說不定正好。可是要買一樣的，就表示一定要選一個樽見跟我在感性上一致認同的東西才行，這過程搞不好會很辛苦。

「小島覺得哪一個比較好？」

樽見接連指向幾個吊飾，問我喜歡哪一個。她指的依序是青蛙、牛跟貓。

「這幾個裡面我選貓。」

雖然我忘記是誰說過的，我曾被說是貓型的人。

是因為我喜歡躲在暖爐桌裡面嗎？還有，我覺得安達絕對是犬型人種。

樽見是哪一種呢？

「妳喜歡貓的話，就選貓吧。」

樽見立刻伸手要拿起貓的吊飾。我出聲制止她。

「等一下等一下，不聽聽妳的意見怎麼行呢。」

「我挑妳喜歡的就好了。」

樽見的眼神游移了一下。她往店裡看了一圈以後，又看向我。

「我想要妳喜歡的吊飾。」

她刻意改過說法。這樣好像在說喜歡我一樣，有點害臊。

感覺樽見的視線中有種獨特的熱情，讓我不禁被她震懾住。

我抱著想趕快決定挑哪一個的心情，拿起眼睛瞄到的那個吊飾。

「那，就選這隻熊吧。」

這隻熊的表情看起來很慵懶，體型也很可愛。如果選這個的話，我覺得把它掛在書包上也無妨。

「啊，我也喜歡那個……我超喜歡的——！」

樽見慢了一拍才歡呼。她張開雙手，擺出像一個忍者貼在大風箏上的姿勢。

「妳真的喜歡嗎？」

「唔～這很可愛嘛。」

看到她的老實反應，心想若是這樣那倒沒什麼關係的我便拿起兩隻熊。旁邊頭戴像魔女那樣的尖帽，正好也拿起同樣商品的男子也瞇著眼說：「哎呀～真可愛呢。」他身旁戴著綠色帽子的男子則是一臉好像很傻眼似的把頭撇向一旁。男生跟男生一起來這種店裡逛，難道不是什麼稀奇的事情嗎？

感覺好像曾在哪裡見過戴著綠色帽子的那個人。但在我想起來之前，樽見就先牽起了我的手。

「趁小島還沒改變心意，趕快買下來吧！」

我又不是那麼容易變心的人，她卻催我去結帳。

就在我們分攤付錢買好吊飾走出店外時，樽見笑說：

「小島會乖乖把它掛在書包上嗎～？」

感覺這句話聽來像是裝作在開玩笑，實際上則是真的很擔心。

「是會掛啦，不過妳居然在擔心這個嗎？」
是不擔心啦——樽見搖搖頭否定，臉上卻露出苦笑。
「畢竟感覺就算掛了，妳也會馬上弄丟啊～」
「唔，妳怎麼從剛才開始就一直在找我碴？」
這樣不就像在說，我是不會愛惜物品的人嗎？
才沒有這回事……呃……
「因為啊，妳對物品跟人都不會太留戀吧？」
樽見微微壓低視線說道。
這聽起來像是指責，也像是單純簡潔闡述了事實。
「是嗎？」
「還是該說妳不會執著在某個事物上面才對？總之，妳不就是會這樣嗎？」
「這……嗯，沒錯沒錯。」
我連點好幾次頭。我同意，我確實是這種性格。
相對的，看到我點頭的樽見卻不知為何看著下方，看起來心事重重。
……不對，好像不是這麼回事。樽見的臉頰添上淡淡的紅色，氣色似乎不錯。
「所以，我很擔心妳會不會好好珍惜那個吊飾。」
她的表情和說法，讓我察覺了剛才那段對話的意義。

她說想要我喜歡的吊飾，也許跟這件事有關。

因為如果是喜歡的東西，應該也會付出一定程度的重視。

「好，那我就好好珍惜這個吊飾吧。」

我對著自己打開袋子拿出的熊如此宣言。手上的熊面無表情地盯著我。

「真的嗎～？」

「我還真不受信任耶。」

「因為現在的小島臉上表情很淡啊。」

表情很淡？這第一次聽到的形容方式讓我很困惑。就算用自己的手去摸臉，也無法體會到她這麼說的意思。

「可是看著小島這種表情淡薄的側臉，就會很好奇妳都在想些什麼。一這麼想就算我輸了……不對，也有贏的地方……」

說到這裡，樽見的表情就像是突然回過神來一樣僵住了……嗯？

「……呃，就是類似這樣……」

接著她立刻別開了視線。她的目光害羞地逃往一邊，再逃往另一邊。

她有說什麼會讓她害羞成這樣的話嗎？

就算回想剛剛的對話，也因為她講得很快而沒聽清楚。而且真的仔細去思考了，能不能理解她話中的意思也很難說。

「呃，妳不用特地去想沒關係，隨便聽聽就好了，真的。」

她推著我的肩膀，要我別想太多。我沒有多加抵抗，結果被晃得腦袋開始暈了起來。

反正想了應該也沒辦法理解，乖乖聽樽見的話，不要多想是比較好。

不過，我在其他方面上有一些感受。

她那「不知道在說什麼」的部分讓我深受感動。

也不是我的壞習慣，這種感覺應該任何人都會有……不對，會這麼想，應該就算是壞習慣了吧。簡單來說，我經常會把自己的想法跟其他人的想法畫上等號，而這恐怕就是我對周遭人不會抱有太大關心的理由之一。

畢竟去理解一個和自己很像的人，又有什麼意義呢。

但這種想法在大多狀況下都是錯誤的，像剛才和我度過了相同時刻的樽見，現在就抱有跟我完全不同的感想。我意識到我跟他人之間的那條界線，發現原來其他人跟我的想法還是有所差異。

好新奇的感覺。能讓我察覺這件事情的，果然還是只有自己以外的人。

小學時很要好，國中時開始疏遠，之後又再見面。

我們明明經歷了一樣的過程，想法卻有很大的不同。

人類真是種神奇的生物。

只是，說到要不要跨越那道界線去窺探他人的真實樣貌，又是另一個問題了。

之後我們也繼續閒晃了一下，還在公園裡談到迴力鏢，最後在三點前回到我家。樽見一直陪我走到家門前，這也讓我有種回到過去的感覺。

「以後還有機會一起到哪裡走走嗎？」

樽見在道別之前把頭轉向一旁，開口向我這麼確認。怎麼了，難道在害羞嗎？

「是可以。」

偶然又遇上她，我也有了新鮮的體驗。最重要的是，她是我的朋友。

我沒有理由否定她的疑問。

原本面向旁邊的樽見又轉過頭來看著我，她的瀏海也隨之大大擺動。這種會維持衝勁動起來的部分說不定跟安達很像——正當我在比較她們的相似之處時，樽見抓起了我的手。

樽見的手又一次和我的手指相互交扣，讓我的手背癢癢的。

接著，樽見握著我的手說：

「我們再當一次朋友吧，小島。」

聽見這句話，我察覺了樽見透過手心傳來的是什麼樣的想法。

我從她手上的高溫理解到她就是想說這句話，今天才會邀我出來。

她想更新我們之間的朋友關係。現實中沒辦法像漫畫一樣，即使不常交談，沒有偶然再見，也能一直維持友誼。這就像汽車駕照需要更新一樣。雖然我沒有駕照就是了。

「嗯。」

我這麼回答樽見的熱情宣言。

不過——我偷偷瞄向自己的手。

只有我覺得舉起牽著的手說這些話，不像單純是在說當朋友的話題嗎？樽見遲遲不肯放開我的手，而我就算感到困惑，也不敢直接甩開。這種狀態持續一段時間，彼此的手都滲出了不合春天這個時節的手汗。這是怎麼回事啊……在我被這段沉默逼得混亂不已時——

「啊，是島村小姐。」

傳來了一道悠哉的聲音，讓身體前傾的樽見立刻挺直背脊，也放開我的手。看她還把手藏在背後的反應，就像是被人看到不能見人的場面一樣，連我都差點忍不住低下頭來了。而無視我們之間這股尷尬氣氛直闖進來的人是社妹。不曉得是不是來找我妹玩的社妹面露微笑，抬頭看著我。

樽見面對這個突然跑過來的奇妙小孩卻絲毫不動搖，也不看一眼，就這樣在我驚訝地佩服她這種冷靜反應的途中說了聲「那再見了」，隨後快步離去。她的背影讓我想起安達逃跑時的模樣。雖然樽見和安達長得不像，但舉止上卻有感覺很相似的地方。

是因為這樣，她們兩個對待朋友的方式中才都帶有一種強勁力道嗎？

不管是安達還是樽見，每次見面都會覺得好像有什麼強大的助力在推動著她們。

我一嘆氣，黏在我腰邊的社妹就問說：

「怎麼了嗎？」

「有點……嗯，有點累了而已。」

樽見那麼興奮的模樣就算是演出來的，和這樣的她相處也讓我的精神很疲勞。

但以前的樽見就是那種感覺，當時的我也有辦法陪她這樣玩。

說不定不自然的反倒是現在的我。

「……我到底是怎麼回事啊？」

我差點就落入了尋找自我的大洞裡。但面前想跳起來抓住我的社妹進到了我的視野裡，讓我得以避免落入大洞。看著這頭水藍色的頭髮，馬上就會有其他疑問輕鬆堵住洞穴。

我是那麼有內涵到需要特地尋找自我的人嗎？

不，不是。和社妹這種神奇生物比較過後，就會被自己的膚淺所救。

「妳偶爾也能幫上忙嘛。」

「對吧對吧。」

我發出「哈哈哈」的笑聲把社妹抱起來轉圈圈。她太輕了，所以不論轉上幾圈，我的手臂都不會累。

「妳是來找我妹的嗎？」

「同時也是來找島村小姐的喔！」

「喔，是喔～謝謝妳喔～」

我是什麼人？我就是現在站在這裡的人類。

得出這樣的結論後，我便很有精神地踏出了腳步。

順帶一提，樽見在這之後又寄了三封說「今天真的很謝謝妳」的郵件過來。

她的反應果然跟安達很像。

第一學期開始兩個星期後。

目前還沒換過座位（似乎預計在四月底換），而我也一如往常地去福利社買午餐回來，然後被叫進桑喬她們的圈子當中。我開始習慣了在她們三人環繞下的生活，現在她們聊的內容像是掠過我頭上般與我無關時，我也有辦法維持臉上的笑容了。

升上二年級後展開的嶄新生活——

我本來正開始感覺，自己習慣這個生活的速度好像意外迅速。

但就在這時候……

那天午休，我被叫住了兩次。

有人喊了我一聲「島村」。

這是繼桑喬、小樽以來——

進到四月之後的第三次呼喚。

該說「三次為定」，還是什麼呢？

我抬頭望向傳來叫喚聲的方向。
這次叫住我的人，終於是安達了。

附錄「社妹來訪者6」

「我決定成為社妹A夢了。」

我在從學校回家的途中自然巧遇了小社，而她突然說出了這種話。

「妳在說什麼傻話啊？」

從我們旁邊走過的同校同學們，全都轉頭看向小社。

這也當然，畢竟她的頭髮這麼特殊。每飄動一次，就會有光芒像花瓣一樣飛舞。

她那綁得彷彿大蝴蝶般的頭髮，在這個春天時分中顯得特別漂亮。

「我想習慣地球和這個城鎮的生活，所以想先從成為受歡迎的人開始做起。」

「咦～」

這做法感覺有點奇怪。

「畢竟不能讓我的外星人身分曝光啊。」

說到這裡，她就擺出了堅決的表情。總記得她好像在我們第一次見面的時候，就自己說出來了。

「我和同胞的生活態度可是不一樣的喔，哼哼哼。」

「先不說那個，小社，妳真的沒有上學嗎？」

我繞到小社身後確認她的背部。但小社的纖細肩膀上沒有掛著書包。

原本以為她就住附近的話應該會和我上同一間學校，但我從來沒在學校看過她。

「妳逃學嗎？」

會是跟我姊一樣的狀況嗎？雖然她最近沒有這樣了。

「哈哈哈，妳說這什麼話呢，小同學。我不是說過早就畢業了嗎？」

「可是妳明明比我還嬌小啊。」

「不，我長得比較高。」

小社的腳在顫抖著，仔細一看就發現她正踮著腳尖。可惡，真卑鄙。

我也不服輸地踮起腳尖，腳也跟她一樣在發抖。我們就這樣爭了一段時間，不料小社卻忽然喊著「我跳～！」跳了起來。小社的指尖來到了我眼睛的高度……呃，咦？我揉了揉眼睛，懷疑自己看到的景象，但小社卻若無其事地回到地面上。

「這樣就是我贏了吧。」

「咦，嗯……」

比起那個——我回想著剛才發生的事情，緩緩上下觀望。

「妳剛才是不是跳得很高？」

「很普通吧。」

這樣啊，算普通啊。到底是哪裡的「普通」呢？

小社看起來是外國人，她那個國家的人全都可以跳這麼高嗎？

「那麼，小同學，一開始就先請妳要求我從這個口袋隨便拿出一個東西來吧。」

她強調著那個很像後來裝上去的口袋。

我看了一下裡面，看起來什麼都沒有。

「隨便什麼都可以？」

「什麼都可以。」

「那～妳拿個草莓蛋糕出來吧。」

我臨時想出自己想吃什麼，就直接和她說。來吧來吧——我對她伸出手。

我想應該變不出來吧，所以也不是那麼期待。

「巧沒彈膏？」

「好像有點不太對。是草莓蛋糕啦～」

「彈膏？」

小社疑惑地這麼問。哎呀？——她的反應讓我也覺得很意外。

「什麼是彈膏啊？」

「咦？妳不知道蛋糕是什麼嗎？」

「完全不知道！」小社不知為何有點得意地挺起胸膛。

「所謂的蛋糕啊，就是長這種形狀，很甜，很少有不甜的，然後我喜歡的那種該說很普通嗎？總之就是有放草莓，還有奶油……」

聽我說明的小社左右轉動著眼睛。

「唔～不看看實際長怎樣不行啊。」

「實際長怎樣啊……啊，那裡應該有。」

我想起需要再往前走一段路的便利商店。那裡應該會有蛋糕吧。

但是我在出發之前又再向小社確認：

「不過，妳真的弄得出來嗎？」

「當然弄得出來。」

這講法不像是要從口袋裡拿出來，簡直像是小社自己會做一樣。

於是，我們就在回家之前繞路去便利商店。其實本來不該在沒有大人的時候進去，但小社表示自己已經六百八十歲，我也心想既然這樣就別管那麼多，就這麼走進去了。

總覺得她說的歲數跟之前講的不一樣，可是我忘記確切的數字了。

賣熟食和麵包的區域旁邊的櫃子上擺著很多西洋點心。雖然布丁是有很多種，可是蛋糕只有千層蛋糕和蒙布朗而已。

我拿起形狀類似草莓蛋糕的千層蛋糕給小社看。

「蛋糕就是長這樣子的東西，雖然這個沒有放草莓在裡面。」

「嗯嗯。」

小社拿起蛋糕，走向收銀台。

「妳要買下來嗎？」

「因為我也要確認一下味道。」

「……小社，妳有帶錢嗎？」

我跟在她身後這麼問。我不太放心，而我當然是沒有帶錢。「錢……」小社的眼神游移了一下。「喔，那個啊。」她接著說出的這句回答也是說得不明不白的。

真的沒問題嗎？

和小社一起站到收銀台前面，讓我有些緊張。平常來買東西也是和姊姊或媽媽一起來，不過現在我們和大人之間沒有了隔閡，必須自己面對大人。

這麼一來，站在收銀台那邊的阿姨看起來就會像是很巨大、很險惡的障礙。

而小社卻和我完全不一樣，一點也不害怕。「請給我這個。」她把蛋糕遞給阿姨，然後往口袋裡伸手撈了撈。小社在阿姨為她的頭髮感到驚訝的時候從口袋裡拿出了一個東西，那是一個坐下來的熊熊存錢筒。咦——我被這幅景象嚇得說不出話來。

那個熊熊存錢筒明顯不是能放進口袋裡的大小。雖然小社的身體大部分都被櫃台擋住，阿姨好像沒看到拿出存錢筒的瞬間，可是站在旁邊的我全都看見了。好像在變魔術一樣。小社若無其事地從那個熊熊裡面拿出一些零錢，把那些五百圓硬幣一個個放在收銀台上。

「這個要多少錢呢？」

小社問了一個奇怪的問題。明明價錢都標出來了，她為什麼不看呢？阿姨有些尷尬地說只要一枚硬幣就夠了以後，小社就說著「這樣啊」把其他的錢收進存錢筒。接下來，那個存錢筒也很自然地消失在那個口袋裡面。噫──我默默發出哀號。

之後，我替不拿找零就想走的小社從阿姨那邊收下了找回的錢。收下錢的時候，我忍不住緊張了起來。感覺好像在假裝自己是大人一樣，不自在到臉頰癢癢的。

我追著小社離開便利商店，接著就看到她已經打開了塑膠盒，拿出蛋糕。她用塑膠叉子切下前端一小塊來吃。之前都沒怎麼注意到，不過我發現小社的嘴唇上也有淡淡的水藍色。為什麼會這樣啊──這更讓我沒辦法把目光從她身上移開了。我連找的零錢都忘記拿給她，就這樣一直盯著她看。

……她的眉毛好漂亮。是不是有在做保養呢？頭髮也是，為什麼會這樣呢？

總覺得摸得太久，那些水藍色的光就會很排斥地逃開。

「這東西真不錯，好甜好甜。」

小社扭動著她柔軟的臉頰，對那個蛋糕讚不絕口。

「小同學也吃一點吧。」

小社用叉子切開蛋糕，叉起一塊遞到我的嘴邊。

我本來很猶豫要不要接過叉子，但我在途中發現蛋糕快掉下來了，就伸長脖子去含住蛋糕。叉子的前端稍微刺到了舌頭，不過因為是塑膠製的，所以不會痛。

蛋糕就跟小社說的一樣，很甜。而且我吃著吃著，心跳又開始加速了。

在放學回家的路上吃東西是原因之一，再加上和小社面對面時，各種難以理解的現象也會讓我靜不下心來。就算是漫畫裡面，也不會出現她這樣的人。

「要再吃一口嗎？」

「咦？可是那是小社買的耶……」

不用了啦——雖然我拒絕了，可是小社又叉了一小塊蛋糕遞給我。所以我又往前張開了嘴，讓小社餵我吃。明明我跟姊姊已經不會像這樣餵對方吃東西了，卻無法堅定拒絕小社這麼做。我就這樣讓她餵我吃蛋糕，再次嚐到那股甜甜的味道。

如果舔了小社的白白指尖，會不會也有一樣的味道呢？

近距離看著，目光就被那滑嫩的手指給吸引住，不禁想像起這種事情。

我吃完之後，小社就吃下唇邊那一小塊蛋糕，然後在咀嚼了幾口以後說：

「現在已經大概知道味道跟形狀，應該沒問題了。請稍等一下。」

小社轉身背對我。她好像在撈口袋，難道會發生跟剛才那個存錢筒相同的現象嗎？「妳在做什麼？」我想看她在做什麼，小社就說「不可以看」，接著快步跑走。她這樣好像故事書裡面的鶴一樣。

小社又快步跑回來。她伸出的手上拿著的東西，讓我訝異地睜大了眼睛。

「給妳。」
她這麼說著遞給我的東西，的確是蛋糕。
雖然蛋糕是直接放在她手上，感覺隨時都會垮掉。
「哇喔！這是怎麼回事啊～！」
「這是小同學點的巧沒彈膏啊。」
「唔唔，好像哪裡不太對。」
可是，真的弄出一個蛋糕來了。小社是在變魔術嗎？其實她還有多買一個藏起來之類的……不不不，我也有看到她買蛋糕的現場啊。她確實是只有買一個。
小社手上的蛋糕看起來完全是新的，沒有缺半個角。
「唔唔唔唔……」
我分辨不出來。這到底是魔術，還是小社的口袋真的有魔法力量？
「呵呵呵，這樣就能獨占小同學的人氣了。」
雖然小社一副很得意的模樣，可是我總覺得她有點搞錯「人氣」這個詞的意思了。
直盯著她肚子上的口袋，我就忍不住皺起了眉頭。
這樣不只是讓妳變成可疑人物而已嗎？
不過——
這種感想還是等吃完這個蛋糕再說吧，免得被她收回去了。

第三章「月與決心」

有人會顧慮我，也有人會無視於我的存在。

我在說的是小學時去遠足的事情。那時的我都和同班同學們保持一段距離，休息的時候也總是獨自吃便當。有的班導看到我這樣會顧慮到我的心情，陪我一起走；也有不會刻意來管我的班導。我是主動選擇單獨行動，所以我個人當然比較希望老師不要靠過來。是同學就算了，對方是大人的話就不太好意思拒絕，有時候也會不情不願地和老師一起吃便當。那讓我吃不出什麼味道，只覺得下巴很痠。

我比較希望自己一個人。

我無法重視別人到願意去推測對方的想法來行動。這種沒辦法尊重別人的傢伙，還是不要和人有交情比較好。因為那樣也只會傷害彼此。我不想落入那種關係中的任何一方。我只求每一天都能過得平安順遂。

即使如此，我還是曾在小學五年級時主動嘗試交朋友。當時推崇像「朋友是種財產」，以及擁有朋友有多棒等各種說法，我多少有受到那種環境影響。那時的我盡全力注意自己臉上的笑容，也仔細聆聽別人的話語。這麼做，就能看出教室裡的誰跟我一樣不擅長交朋友，而選擇跟這樣的人說話，就能意外輕鬆地交到朋友。

不過，勉強自己交到的朋友會令心中產生壓抑，讓情感停滯，也矯正了臉朝的方向。對

方說了什麼，就必須用合適的態度回應，而我自己也得試著講些話跟對方熱絡地交流。這種狀況下講出的不會是我的真心話，盡是一些借用他人話語的內容。

每次這麼做就會焦躁得東張西望。每多一個朋友，就會變得四處都沒有退路。

然後——

當我突然捨棄一切，隻身踏出腳步時，我感覺到了那股過去總伴隨身旁的自由。

只需要一次深呼吸，就足以讓我理解到自己是適合獨自生存的人。

我又坐在體育館的二樓了。

和去年不一樣的是周遭溫度適中，沒有夏天給人的倦怠感。

還有島村不在身邊。

我獨自蹲坐在地，盯著窗戶。心中稍稍冒出了一種想法，覺得很希望自己能融入這冰冷的地板，以及有如一道白色牆壁的春日陽光之中。感覺身體沉重到喘不過氣的時刻一直沒有離去。即使閉上雙眼，也沒有迷失自我。

我究竟是第幾次在這裡嘆氣了？

為什麼就這樣升上二年級了呢——我心裡甚至有這種類似後悔的感覺。等注意到，新環境中的島村身邊已經聚集了一些人。那是一道牆壁。那就像是一道從腳邊向上建起的防壁，擋在我跟島村之間。可是只有我覺得那是一道牆，島村則是和那道牆和平共處。
新的學期。升上二年級以後，環境也變得完全不一樣。
島村順利融入了這樣的新環境，但我沒有。
整件事情簡單來說，就只是這樣。
我跟島村並不相像。島村不會在和周遭人群的交流上遇到束手無策的情況。我覺得一年級那時候，島村真的只是偶然來到這裡，就像是順其自然地漂流過來。我是因為孤身一人，島村則是因為無聊，才會蹺課——才會離開教室。我們蹺課的動機有著根本上的不同。
人生沒有什麼「段落」存在。喜悅來得相當短暫又虛幻，最後被名為明天的日常生活給沖走。
和島村分到同一班的喜悅正跟在櫻花的腳步後頭，逐漸凋零遠去。
我太大意了。只因為分到同一班，還有雖然只是開玩笑，卻被她叫了我的名字——就得意忘形地以為我們之間有著如鎖鏈般強韌的牽絆，因而產生破綻。
一想起島村在教室裡的模樣，我就忍不住低下頭，把額頭貼到膝蓋上。島村的臉上掛著笑容。面對肯定不是很親近也不熟悉的人，她仍擺著和平時一樣既親切又含糊的微笑。我看不出那和她對我露出的笑容有什麼差別，使我對她周遭的女生和她本人感到一股不合情理的焦躁，甚至差點胡亂抓起額頭來。
光是這樣，我就有一種疏遠感，胸口也被窒息感弄得很難受，也有點想哭。難道我和島

村之間，完全不曾產生過任何戲劇性或特別的要素嗎？原本以為自己已經築起一定高度的情誼，稍微一踩就比沙子還輕易地崩毀。

即使如此，我還是選擇來這裡。

看來我似乎在期待會發生一些稱心如意的事情。

在煩惱要不要偷瞄一樓的我忙著一下伸長身體，一下又縮起來。而我真的稍微偷看了一下後，就發現島村人在一樓。不曉得是不是因為下雨改了上課地點，體育課似乎要在體育館上的樣子。

可以聽見球彈地的聲音。會是島村在運球嗎？她對從早上就沒去教室的我，是怎麼想的呢？她有察覺我在這裡嗎？

萬一因為偷看去和她對上眼，我不知道該做何反應。我害怕事情會變成那樣，所以不敢隨便探出頭，只是一直等待。背後那面牆的另一端，傳來雨滴落下的聲音。

我抬起頭。

有腳步聲。一個走在通往二樓階梯上的腳步聲。我帶著無法抑制鬆懈的嘴角凝視入口，想確認來的人是誰。我絲毫不擔心會是老師來罵人。我的眼前充滿了光芒，但我立刻得知這道光芒只會刺眼得令我想低下頭。

走上樓的不是島村，是不認識的女生。對方也發現到我的存在，露出複雜的表情。就算這樣也依然走過來的那名女生經過我面前，坐到二樓角落。

伸長雙腳，翹起腳來的那個女生翻開了帶來的文庫小說。她的頭髮像是全部融為一體般，全都一樣漆黑。我對那在長髮遮掩下顯得細長的側臉毫無興趣，馬上就嘆了口氣。

這裡也將不再是我的居所了。

因為我也只是心想既然不能待在島村身邊，那至少獨自待在這裡也好。

我帶著失望的心情決定離去。我把書包的揹帶套到肩上，離開二樓。

我邊想著接下來該去哪裡邊走下樓時，樓上傳來了一陣腳步聲。

「啊～妳等一下。」

是剛才的女生追上來了。她在樓梯間附近抓著扶手，彎著身子俯視我。我默默抬頭看她，心想找我有什麼事。接著，她面帶微笑地向我揮手。

「抱歉，還要妳把地方讓出來。」

「……沒關係。」

因為不知道對方是幾年級，於是我決定用含糊的態度應對。我微微低頭向她打聲招呼後，便迅速離開現場。我逃往外頭，同時注意不被體育館裡的同學看見，也避免自己去看到島村和其他人說話的景象。

體育館外沒有老師，只有下著小雨。

避著這場雨前行，就自然而然地漸漸遠離校舍。

我在感受到揹帶的沉重後，也懶得回頭，直接頭也不回地往前走。

由於我從早上就沒有到過教室，所以書包有在身邊。我決定就這麼離開學校。

我在往哪裡走呢？——我騎著腳踏車觀望周遭。

什麼都沒想地離開學校之後，結果又往跟回家不同的方向前進。因為我慢了半拍才想到在這個時間回去，要是撞見母親，應該還是會被唸上一兩句。

即使獨自騎在市區裡，時間也沒有過得比較快，只會很痛苦地明確感覺到每一秒的流逝。春天的溫暖和雨珠混合在一起，不知何時化成了類似倦怠的停滯感，包覆我的全身。我經過汽車駕訓班前面，穿過西裝店的停車場，最後來到曾和島村來過幾次的購物中心。我也沒其他地方可以消磨時間，來這裡或許正好。我停好腳踏車後便獨自走進去，順便躲雨。

去年購物中心經過改裝後又多了各種店家，走在路上會聞到的味道也變得不一樣了。有種甜甜的香味。之前好像誰說過，外國的購物中心似乎也是這樣的味道。

我走到的家電行那一區傳來了一陣不曉得從哪裡飄出的楓糖香。

「……………………」

如果島村有一起來，她會喜歡去哪裡呢？我邊想著這種事情，邊走過各種店家前面。就算沒有計劃要做什麼，我也老是在想這些。老實說，我對島村感性的了解還遠遠不足。該怎麼做，才能讓她由衷感到高興呢？

島村是個沒有興趣的人。她自己都這麼說了，我也這麼覺得。

也因為這樣，而讓她成了一個很難應付的對手。

雖然有各式各樣的店家，可是又不可能有賣迴力鏢的店。

只要是跟島村有關的事，沒有什麼是我不想知道的。呃，如果是她其實討厭我，倒是不想知道……不對，真是那樣的話，我也得想想該怎麼讓她對我有好感，所以還是想知道吧。意思就是我想了解她的全部。沒有半件事情是沒必要知道的。

但升上二年級以後，我幾乎沒有聽到島村的聲音。呃，是有聽到啦，可那些話都不是對著我說，所以感覺很遙遠。這不是只要打電話給她就好的問題。

我實際上該怎麼做才好？

我今後期望著什麼？

我想待在島村身邊，想聽聽島村的聲音，希望島村可以看著我。這些全是我的真心話。我沒有逃避自己的真心，但至少獨自在這種時間到處逛，事情也不會有所改變。

那現在的我是怎麼回事？

明明一天長得令人生厭，卻沒有什麼事情好回想。

就算想談我一整天在做什麼，也會很快講完。一天很長卻又很短的矛盾是成立的。

我現在過的就只是很長、很膚淺，沒什麼內涵的每一天。

好無趣，太無趣了。沒有待在島村身邊時的生活，無趣至極。

當我煩惱著這種事情走在邊緣走道上時，忽然聽見了很吵雜的聲音。那不是人的聲音，是動物的叫聲。我只轉動雙眼確認聲音來源，看來是間寵物店。最近新開的這間寵物店不只有狗跟貓，還有魚，而且現在好像還有羊——店家是這麼寫的。

「……這種店怎麼樣呢……」

如果是這種店，說不定島村也會有興趣。

我抱著這樣的想法望去，發現店前已經有一個先來的女高中生了。她站在店前觀察，就好像跟我一樣是來探勘地形似的。她邊撥弄微捲的長髮，邊看著店門口。她的身高比我高一點，身上散發著超齡的成熟韻味。

她像是在意我的視線般看了我一眼後，便從店家前面離開。她轉身朝往我這裡，而大概是因為我急著移開的緣故，我們的書包就這樣相撞了。

「抱歉。」不曉得是哪一方開口簡短道歉。

彼此的書包卡到，讓某個東西掉了下來。我轉過頭，停下腳步去撿起落下的東西，發現是一個熊造型的吊飾。剛才那名女高中生似乎沒有發現吊飾掉了，正打算直接離開。

我原本有點猶豫該怎麼辦，但都注意到有東西掉了還裝作沒看見也不太好，因此我追了上去。

「那個，不好意思……」

我小聲地對著她的背影說道。女高中生回過頭，瀏海也隨之舞動。

「妳的這個掉了。」

我遞出吊飾。她等到把吊飾拿在手上後，才開始確認。

「喔，謝謝……啊！這個！嗯，真的很謝謝妳！」

女高中生在看吊飾第二眼後，眼神就出現了變化。看來是很重要的東西。這樣的話，我特地送還給她也算是有點值得了。不過，既然會在這種時間來這種地方遊蕩，那她應該也是不良少女之類的人吧。雖然我沒資格說別人。

「是碰太多下弄掉的嗎……啊～以後小心點吧，真的要小心一點才行……」

女高中生輕摸著吊飾離去。雖然她的外表那樣，態度倒是挺柔和。

看來真的是很重要的東西。

我的書包上沒有掛任何東西。因為我對那種東西沒興趣。

但是，如果跟島村掛著成對的吊飾——我想像起那個情形。

「……說不定不錯。」

「專屬於我跟島村」這部分深深吸引了我。這是重點，很重要，是關鍵所在。

或許是因為目前還沒有一個這樣的東西，我才會更固執於此吧。

反正都來到店門口了，所以我決定也進去裡面看看。我選的入口好像通到店面的後段，一開始來到的是熱帶魚專區。我在悶熱的房間裡逛完一圈，移動到下個房間。這個房間有許多昆蟲和爬蟲類，我只有隨便看看就走往下一個房間。

之後來到的地方擺著很多鳥籠，也是最吵的區域。這裡的鳥叫聲很嘈雜，在顯得窄小的籠子裡彎起尾羽的鸚鵡甚至伸出鳥喙和籠鎖奮戰，想打開籠子。而且鸚鵡的動作還粗暴到差一點就能打開了。真厲害啊——我不小心看到出神了一陣子。

通過細長的鳥類專區後，來到了店面的前段。這邊有狗和貓，都被關在各自的玻璃展示櫃裡，每個櫃子裡也都有一張床鋪。牠們生存的環境受到四周的純白牆壁環繞，看起來沒有生活氣息，令我有點反感。

而當我經過展示櫃前面時——

一隻原本在睡覺的狗爬起來，貼在展示櫃的牆上。我被嚇了一跳，接著又看見把前腳貼在櫃子牆上的狗伸出舌頭，搖起尾巴。牠彷彿有預先經過訓練，正在討好我。一見到這幅景象，就有種類似哀戚的情感緊緊揪住我的胸口。

我毫無前兆地差點泛出淚來。

明明看到關在籠子裡的鳥也不會難過，也不會悲觀看待在水槽裡游泳的魚，可是為什麼玻璃櫃就會觸動我的內心呢？我和一直貼在前頭的白狗四目相望，察覺了一件事情。

這是一面鏡子。

現在的我，就和這個展示櫃裡的貓狗一模一樣。

不對，豈止是這樣，我還比較像是自願進到櫃子裡的，所以反而更難處理。

而我就是進到櫃子裡還不會討好別人，只是靜靜坐在原地的那種人。

彷彿讓我面對鏡子的事實揪住了我的內心深處，也動搖著我的心。

這股悲傷正是源自我對自己的憐憫。

「……這裡不行。」

這裡還是不要跟島村一起來吧。

我在忍耐著的淚水滑落之前擦了擦眼睛，逃離鏡子前面。

我走往附近的入口，準備就這樣離開購物中心。原本是打算先盡快到外頭，再走到腳踏車停車場。不過在走到能看見入口時，我的視線不經意飄向了入口前面的一個地方。牆邊有個人在擺攤子。

那裡擺了一個長桌，還掛著上頭寫著「歡迎來看手相，不論是關於金錢、提親或是戀愛諮詢，樣樣皆可」的布條。那是所謂的算命師嗎？坐在那邊的是看起來年過二十五歲的年長女性，頭上披著紫色的面紗。外貌超然，很有專門做算命占卜的味道。她的肌膚像石膏一樣白，讓臉頰上的紅暈變得很顯眼，而且沒有化過妝的感覺，給人一種樸實寡言的印象。

雖然桌子和周遭是算命師那種擺設，但她本人似乎是一名占卜師。

「歡迎光臨，請坐。」

明明我們也沒有對上眼，她卻要我坐上她對面的座位。我假裝沒聽見地走過攤位，當作不是在對我說話，結果她就對我說：「帶著煩惱回家，也不會看見美好的未來喲。」我沒有轉過頭，卻也不禁停下了腳步。一道說著「歡迎光臨～」和拍打桌子的聲音傳進我耳中。我

轉過頭的時候，鐵定是一副不情不願的表情。這名……算命師？講話雖然是對待客人的和善語氣，神情卻依然非常正經。她招手說著「快過來吧」。我的視線忍不住飄往隨著招手動作搖晃的布條上那句「戀愛諮詢」。

不對，我覺得我的情況好像跟那個不太一樣。雖然我是這麼覺得啦。

可是感覺要是繼續想下去，很可能會在別人面前臉紅，於是我只好提心吊膽地走近算命師。我很懷疑自己是不是被騙了，但我的內心目前脆弱得滿是破綻也是事實。在坐下之前，我先看了邀我過來的占卜師一眼。她的表情還是一樣嚴肅，不過至少看起來比之前看的奇怪占卜節目中那個亂甩頭髮的人還值得信任。

「請問……您是算命師嗎？」

我交互看著桌上和她，同時這麼問。

「嗯……應該算是算命通靈師吧。」

「……這樣啊……」

這個職業聽都沒聽過，而且聽起來很有臨時想到就這麼說的感覺。

另外，仔細一看，就發現桌上那顆水晶球還有些裂痕。

「我可以替妳占卜任何事情喲。我想想，像是……妳的淚水會流向何方。」

她指向我的眼角。看到我挺直背脊的反應，算命通靈師又做出了更進一步的動作。她把水晶球放在掌心，舉到面前，再隔著水晶球看向我。

「我就直接說了，妳有戀愛方面的煩惱對吧？」
我想我在這時候顫了一下肩膀，就等於確定是我敗給她了。
「答案很好套，真是好肥羊……不，真是令人心情好飛揚。」
算命通靈師咳了幾聲，像是想敷衍什麼。但心中的慌張令我失去了冷靜，所以我沒怎麼注意她說的話。
別說手相了，她什麼都還沒看過，為什麼會知道我的煩惱呢？
呃，可是……說我對島村的情感是戀愛，這種講法實在是非常「那個」……
「呵。」
算命通靈師只有嘴上散發著笑意。接著，她輕柔地對我伸出了手。
「一千圓。」
「咦？」
「我一般至少會收三千圓，但要是跟學生收這麼多，會把人嚇跑……不對，是有學生優惠價。」
她的神情很嚴肅，卻只有嘴巴動得莫名流暢。而且，還流暢到會講出不該說的話。
「一千圓嗎？」
「這是很便宜的價錢喔。」
算命通靈師伸出手，向我要錢。一說是很便宜的價錢，反讓可信度變低了。

雖然本來就不可能不收錢，可一想到要付的不是硬幣而是紙鈔就會開始猶豫，也許是人性吧。不過，看得出來她覺得既然我都坐下來了，不付錢就不會放我走。

伸出的那隻手不斷動著指頭。

我想想打工地點的狀況，在算好是兩人份的午餐錢的同時從錢包拿出一千圓紙鈔。「謝謝。」一遞出千圓紙鈔，錢就像被吸塵器吸走似的被她收進懷裡。看她處理錢的方式比運用占卜道具的技巧高明，心中就冒出了一抹不安。

那個占卜節目也好，這個占卜師也好，難道我對這類事物沒什麼抵抗力嗎？

我告誡自己也許需要注意別被騙了。但也覺得好像太遲了。

接下來，算命通靈師不曉得是不是拿累了，先是把水晶球放下來，然後開始打量我。這道視線讓我感覺像是被人用手指到處捏一樣，不太自在。她也一直盯著我的制服看。好想逃走，好想馬上回去。我心裡很快就湧上了一股後悔。就在我再過幾秒就要拿起書包逃走的時候，算命通靈師便彷彿識破般地開口說：

「我只問妳一件事情，請問對方的頭髮比妳還長嗎？」

「您說……對方？」

「就是妳所珍愛的那個人。」

她換過一個說法，我也聯想到島村，使得眼底忍不住開始發熱。

珍愛。愛。這是個難以說出口的詞，卻覺得比用「戀愛」形容來得精準。

島村的頭髮嗎……我是不曾直接和她比較過長度，誰的比較長呢？我開始回想過去從各種角度看到的島村。雖然每種角度的島村都很不錯，可是記憶中的景象大多是側臉，很少和她正面相對，感覺有些哀傷。尤其最近的記憶中更是找不出半個有島村的畫面。

即使如此，從正面看著的島村就算一臉傷腦筋，也還是對我露出了微笑。

「喔，妳背負了很多業障呢。」

「……什麼？」

我還沒回答半句話，算命通靈師就獨自竊笑起來。

「既然會在這部分煩惱怎麼回答，那我也大概知道對方是怎麼樣的人了。」

「……是……這樣嗎……」

我無法相信她這話是真的。可是，要是真的被她看穿了呢？我的腦袋被弄得一下發燙，一下又發寒，真忙碌。

算命通靈師有如要趁我正感混亂的時候追擊，斷言：

「我就直接說了，妳缺乏的是豁出去的勇氣。」

「…………………………」

「在意周遭眼光而逃來這裡的妳缺乏什麼，可說是一目了然。」

她直接說中了我的處境，讓我感到困惑。光用看的，就能了解到這種地步嗎？雖然有點懷疑她是不是真的會讀心，不過這或許是占卜師擅長的伎倆吧。正當我感覺她很厲害，卻又不太對勁時——

「我來傳授妳一個可以獲得豁出去的勇氣的簡單方法。妳到那邊大喊一下。」

「什麼？」

算命通靈師指著購物中心裡的走道。也就是距離這裡咫尺之遙的地方。

雖說走道上的行人不多，也不是只有我跟算命通靈師兩個人在這裡。不難想像在這種地方大叫會發生什麼事。怎麼可能敢叫啊——我偷偷望向算命通靈師。

算命通靈師游刃有餘地舉起水晶球笑道：

「不喊也只是損失一千圓而已。不過，如果妳想白白浪費錢，我也不會攔妳。」

我開始後悔先付錢了。

「不想後悔的話，就去喊一下吧。」

她這段有如看透我心思的發言嚇到了我，椅背也因為我的動作而發出聲響。

「…………」

有時候，我會稍稍想到一件事。

那是我國中在擔任類似圖書值日生工作時的事情。

有個其實我幾乎不記得長相，也不知道叫什麼名字的人問我一個問題。

妳有朋友嗎？

我回答沒有，也表明沒有交朋友的必要。

她那時候為什麼要這麼問？我後來才在想——

那說不定是「請和我做朋友」的意思。

就算真是那樣，我的答案也不會改變。我會回答自己不需要朋友。

但我想到這樣的結論應該要在好好談過後才決定，而這也正是為什麼人類之間會產生語言的理由。因此，我很後悔自己從一開始就徹徹底底地拒絕了她。

因為有過這件事，所以我覺得——

最好還是不要留下後悔。

即使會帶來其他的後悔，我也無法對眼前可能成形的悔恨坐視不管。

我站起身，移動腳步。眼前逐漸變得黑暗，彷彿我閉上了眼。

「舉起妳的手，做出宣言吧。只有這麼做，才能讓妳的心靈更加堅強。」

我照她說的微微舉起手，同時一個疑問掠過了腦海。

這其實是種自我啟發，跟占卜完全沒關係吧？

「我……我要上了喔……」

我數次張望周遭，小聲說道。聲音幾乎出不來。

「聲音太小了，宣言內容也不怎麼樣。而且手也沒有舉高喔，妳怎麼了？」

把手撐在桌上托著臉頰的算命通靈師出言糾正。

「妳的臉上寫著『有喊出來的膽量，就不會這麼煩惱了』呢。」

被她說中心聲，我的手不禁畏縮地顫了一下。「呵。」她再次只揚起嘴角地一笑。

「反過來說，這也是只要有膽量就能徹底解決的那種問題。來，再試一次。」

我的心靈受到她的手引導。在她的話語唆使下，我挺直了背脊。

「我要……努力～」

「妳沒在努力啊，再一次。」

「咦，呃……」

我想不到要喊什麼，不知所措地一下伸直手臂，一下又縮回來。

我看向算命通靈師，想尋求協助，換來她一句「不要逃避」的提醒。

不要逃避。

不要選擇逃避。

「……我不會逃避的。」

「嗯？」

我……

我……

我……

我不會……

我不會……逃避……的。

三、二、一！

「我不會逃避的——！」

等回過神來，我發現自己在大喊的同時高高舉起了雙手。

腦袋立刻變得一片空白，眼前也是一片白。

「喔！太棒了，再一次！」

我配合旁邊傳來的拍手聲，大喊：

「我——不——會——逃——避——的——！」

全部喊完之後，我感覺好像有什麼東西像是潰堤般地在眼中擴散開來。

從腳底竄上身體的某種東西直直衝上腦門。耳邊傳來一陣耳鳴，並在結束之後留下了類似暈眩的陶醉感。我搖搖晃晃地坐上椅子，接著，依然托著臉頰的算命通靈師又讚賞了一聲「太棒了」。

「沒想到妳真的喊了。」

「嗯……」

「人需要的不是知曉未來，而是對未來抱有強烈希望。」

她像是拿下了占卜師的面具，語氣親和地對我說。

感覺這和先前的話語不同，是沒有隔著一張桌子的由衷忠告。

「那個……」

「……哎呀哎呀哎呀。」

算命通靈師的眼睛瞄向右方。我吞下說到一半的話，跟著轉頭望向她看的地方。

有人正往這裡跑過來。一個穿著深藍色制服的人……我察覺跑過來的人是購物中心裡的保全，驚訝得瞪大了眼睛。不管怎麼看，保全都是衝著我們來。

我嚇得臉色發白。

「聲音太大了嗎……」算命通靈師嘖了一聲，隨後便拉過布條俐落地打包桌上行李，直接踹開椅子站起來。我完全跟不上她的急促步調，這時，算命通靈師帶著依然只有嘴角揚起的微笑說：

「那麼我先告辭了。請好好珍惜妳的將來。」

她留下這句話後，就說了聲「撤退」，扛起行李並靈巧地跑走。

水晶球是因為她都這樣帶著走，才會破損嗎？

保全沒有理會我，而是跑去追趕占卜師。雖然覺得鬆了口氣，心中的動搖卻還沒停歇。

她該不會是沒有執照的騙人占卜師吧？我對自己居然覺得她似乎可以信任的差勁眼光感到羞恥。呃，可是，沒有執照也不等於會騙人吧？

搞不好她雖然沒有執照，卻是真的占卜師也說不定。

她看制服知道我是從學校逃到這裡來，還有從我的態度判斷一些狀況。

雖然感覺她好像只說了些可以用肉眼看出來的事情，但即使如此——

至少我不覺得我從她身上得到的一切都是虛假的。
心中默默產生的想法告訴我花這筆錢不是毫無益處，克服了失去千圓鈔的哀痛。
這股悸動正靜靜等待發芽的時刻到來。

隔天上學，我仍然一大早就躲到體育館裡默默嘆氣。
沒有興趣的我是個很空虛的人，等注意到的時候，我已經從指尖到腹部深處都只充斥著島村怎麼樣又怎麼樣的想法了。若說到失去島村這個要素會變成什麼樣子，就是只能像現在這樣獨自帶著沒有聚焦的眼神呆坐在地。
在早上的上課時間時，一樓似乎有一年級在上體育課，所以體育館變得很熱鬧。腳步聲也傳到了二樓，微微撼動著地板。我陷入了這些聲響會衝上天花板的錯覺中，茫然抬起頭又低下頭。這種行為除了毫無益處，還是毫無益處。
昨天心中萌生的情感還沒確切成形，帶給內心各種紛擾。
持續轉頭張望的時候，我的視線不經意停留在某個東西上。沒有人使用的桌球桌上，放著以往沒有的物品。時空停滯到連一點微小變化都能引起注意的我半彎下腰走過去，避免被人發現。我看向桌球桌，發現放在上頭的是一本書。
夾著書籤的小說，被順著桌角擺放。是昨天那個女生在看的書嗎？這種擺放方式要說是忘記拿也太有條有理了，說不定是故意這樣放的。搞不好是「這個地方已經有人預約了」的意思。

我沒有多想什麼地就拿起書，看向封面。書衣雖然被拿掉了，上頭還是有寫著書名和作者名。我不常看書，對作家不太熟，不過這似乎是一個叫作橘川英次的作家寫的書。

我翻開夾著書籤的那一頁。雖然從中途開始看也不會知道故事在說什麼，不過我隨便看著看著，視線就自然而然地被某個段落吸引住，停了下來。

書上的那個段落寫著：

「為什麼我會一直奔跑著？當然是因為我很害怕。我日夜恐懼著自己認為的明天會在自身畏縮不前時，變為這個世界的昨天。與其被在自己不知道的地方發生的巨大變化拋下，我寧願跑在最前頭，親手去改變一些事物。」

這段形容很抽象，我不太懂他的意思。而且我只讀了這一段，也無法得知這部作品的主角究竟是朝著什麼目標邁進。不過，「被拋下」這個形容讓我有種類似暈眩的感覺。我在重看過那個段落好幾次後才放下書本，在原地坐了下來。

我像是在盯著失去自我的不穩定靈魂般，持續注視著天花板的燈光。

搞不好，這段可能是由沒沒無名的作家所寫的文章，正好選擇了一種能煽動萌生於我心中的那股具體焦躁的形容方式。我……並不是二年級學生。

我們走過相同的大門，在相同教室裡上課——

卻只有島村是名符其實的高中二年級學生。
有種動搖。搖擺不定。這種好像自己的眼珠子在不斷轉動的感覺，是內心的不安。
這種時候，也只要默默想起島村就能冷靜下來。
冷靜下來，內心開始動搖。
我得出一個結論。到頭來，現在的我還是只在乎島村啊。我判斷標準的根本上，有島村的存在。
我想到島村，認為自己接下來該採取的行動是——
宣告課堂結束的鐘聲響起。接下來是午休時間。
是島村周圍會有人群聚集的時間。
島村人在教室。
她會在教室吃午餐。
不會過來這裡。
她不可能……會來這裡。她當然不會來這裡。
我用力捏著上臂，要自己察覺這件事實。
我用力抿上原本發呆到半張開著的嘴，要自己捨棄島村可能會來的想法。
妳想抱著只要躲在這裡鬧脾氣，說不定島村真有一天會過來的期待，浪費多少時間？再這樣下去，事情會變得無法挽回喔——某種東西如此激勵著我。

無法挽回。這個無意間浮現腦海的詞，把以往已經鈍掉的恐懼拖上了檯面。

要是我和島村之間的聯繫，真的就這樣結束了……

而如果那種狀況是我一直痴痴坐在這裡等，就有可能成真的話……

想到這裡，我睜大的眼睛就忘了眨眼。為了替漸漸乾涸的雙眼補充水分，一波沒有熱度的淚水溢出了眼眶。

這是擦掉了以後就不會再接著流下的無情淚水。是不求悲傷的體液。

現在行動還來得及——某種東西再次對我低語。

說還來得及，是什麼意思？

假設島村在同學們的環繞下開心聊天時，我卻突然介入。

若以客觀角度來看，我這麼做肯定會讓氣氛變得很尷尬。我很清楚一定會變那樣。

說不定，我有機會見到自己不僅能融入島村身邊那群人，還能和大家打成一片的未來。

也許存在著通往那種未來的選擇，只是我沒有發現而已。

但我覺得只要選擇了這樣的道路，我就會不再是我。

我知道自己不是那麼完美的人，也無法得知未來結果。

那，我是什麼樣的人？我對自己問道。

現在的我很空洞，而且穩定。

我感覺到一種幾乎令我陷入苦惱的焦躁，相反的，內心某處卻覺得很平靜。

我滿足於自己的孤獨。

我認為自己果然是個比較適合獨自生存的人。

但適合怎麼做，卻不一定和自己的期望方向一致。雖然「做自己辦得到的事」這種說法是包含了某種正確性，不過，有時也可能會演變成放棄讓自己有所成長。

只做辦得到的事情，也只會令自己慢慢退步。

為了自身著想，我非得去做我辦不到的事情不可。

我站起身。站起身，然後踏出腳步。我用力挺直快彎下來的背脊，面向前方。

說到底，期待他人做些什麼事本身就是錯誤的想法。不對，要期待是無妨，但想依靠別人來解決自己的問題和煩惱，就沒意義了。到頭來，還是得靠自己。就像不管怎麼做都無法體會他人心情一樣，自身感受到的痛苦源自身體的「哪裡」，只有當事人才知道。簡單來說，整件事情還是只能自己想辦法處理。

沒有興趣的我是個很空虛的人，等注意到的時候，我已經從指尖到腹部深處都只充斥著島村怎麼樣又怎麼樣的想法了。若說到失去島村這個要素會變成什麼樣子，就是現在這個樣子。所以，答案很簡單。

走下樓梯的途中，我想起昨天在購物中心發生的事。

「我要上了喔，要上了喔，要上了喔……」

開始助跑，胸口散發著一股悸動。接著我面向前方，奮力高舉起手。

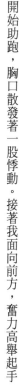

「我不會逃避的——！」

我打開自己體內的開關。而我之後當然是立刻逃離了體育館。

沒想到還會從占卜師身上學到逃跑技巧。

繞去福利社一口氣買好想要的麵包後，我便往教室走去。

今天午休，島村周遭依然聚著一群人。

島村保守的笑容，沒有看著我的那副雙眼。這一件件事實，都令我差點低下頭來。

沒有半點空隙可以鑽進我尋求的居所。

不過，既然沒有空隙，那自己創造新的道路就好。

就算她身旁有人，我這次也沒有打退堂鼓，直接喊了聲：「島村。」

這就是我的二年級生活拉開序幕的瞬間。

附錄「日野家來訪者2」

「阿晶，方便打擾一下嗎？」

日野的房間有一整套將棋道具，於是我們就把它拿出來玩。途中，日野的媽媽走進了我們在的房間裡。日野媽媽在我們小學時的教學參觀日也穿著和服參加，很顯眼，所以我記得她。雖然脖子以上的部分有點不記得了。

「哎呀，呃……記得妳是小妙，對吧？」

日野的媽媽試探性地說出我的名字。雖然她沒什麼自信，不過大致上是對的。會用這個稱呼，大概是因為日野以前都是那樣叫我吧。雖然我其實是叫妙子，但還是點點頭說「對對對」。「對嘛。」日野媽媽點過頭後，立刻把視線轉回日野身上。

日野握起我的香車，瞇著眼轉過頭。是她嫌麻煩的時候會露出的表情。

「幹嘛？」

「既然妳有換衣服，那正好。妳也去跟客人們打聲招呼。」

「咦……那不干我的事吧。」

「妳也是這個家裡的小孩不是嗎？」

「喔，這樣喔。我馬上去，先等我一下。」

日野放下握在手裡那個從我這邊贏過去的棋子，對我說：

「我馬上就把事情處理好，這場勝負先暫停喔。」

「嗯？嗯。」

我明確地點了頭，日野卻指著我的眉間，再一次叮嚀：

「要安分一點。」

「放心吧，保持安分不正是我的拿手絕活嗎？」

「想騙誰啊妳。妳這對胸部哪裡安分了？」

我喊著「噫——」用手刀架開日野那隻想抓住人家胸部的手。我最近已經能從氣氛感覺到她想出手了。日野在我得意洋洋的時候帶著苦笑站起來。

但站起來後準備轉身面向前方的瞬間，她的臉上沒有半點笑容。

「就是因為會這樣，我才不想太早回來嘛……」

日野留下一句抱怨，就和她的媽媽一起走出了房門。我被獨自留在房間裡。

我低頭看了一下將棋盤，把背叛了也應該沒什麼問題的棋子拿到自己陣營。「好了……」

接著，我開始環望室內。已經沒事好做了。而且現在才來搜索日野的房間，大概也不會冒出什麼有趣的東西。就算要看漫畫……我在書櫃前面彎下腰，看著櫃子裡的書。都是些跟她借來看過的漫畫。

至於占了半個書櫃的釣魚書，則是沒興趣看。日野到底想熱衷釣魚到什麼時候啊？明明時代的重心已經漸漸轉移到迴力鏢上了……大概啦。我離開書櫃前面，在室內到處晃。

結果一直到我對這個房間裡的一切厭煩了，日野都還沒有回來，所以我決定到庭院去散步一下。

「只要安分地靜靜散步就可以了吧。」

嗯。要遵守日野的吩咐是有點難，不過也不是辦不到。我有這種感覺。

能邊走邊保持靜止不動的應該只有肩膀和脖子附近吧。我用很僵硬的姿勢走到外側走道上，這時候已經覺得這麼做對肩膀造成的負擔比原先想的還大了。明天肯定會肩膀痠痛。

我在走道上看著日照充足的中庭，吹過的風令庭院裡的樹木全部一起跟著舞動。

今天天氣很晴朗，風卻很大。我仰望浮現在快速流動的雲朵與高聳圍牆中間空隙的鮮豔藍天，做了一次深呼吸。日野家有種像是武家宅邸、旅館或別館那樣的……總之就是和我家截然不同的氣氛，很有趣。這種寧靜得像是遠離人煙一樣的感覺也不錯。

我原本想走到庭院裡，但是又察覺自己沒有穿鞋子。我思考一下以後，心想赤腳走下去就好了，便脫下襪子，踩上圓礫石地。現在踩起來不會像夏天那樣燙傷腳底，也沒有冬天那種踩在冰上的感覺。我踩著像是用石頭做腳底按摩的感覺走在庭院裡。

日野現在在做什麼呢？正在俐落又很有禮貌地面對大人物嗎？雖然很想看她那樣，不過要去偷看應該也不容易。畢竟日野很擅長找出我在哪裡。

「……嗯？」

我撿起葉子練習吹葉笛的途中，突然出現了一個從後頭進到庭院裡的女孩。

她很嬌小，又穿著和服，所以我一直盯著她看，在想會不會是日野。我隔著眼鏡仔細確認她是誰，不過好像不是日野。她是個比日野還嬌小的女孩，穿著朱紅色的浴衣，腰上綁著綠色的和服腰帶。她長長的黑髮甩動著裝有鈴鐺的髮飾，腋下夾著很像在工地會戴的黃色安全帽。

不知道她是否也是來散步的，一下往庭院的池子裡看，一下又去撿腳邊的石頭，做的事情沒有一貫性。就在我觀察著她，心想會不會是日野有個妹妹時，那個女孩也發現了我的存在。啊，她跑過來了。明明是赤腳穿著草鞋，腳也很短，卻跑得莫名迅速。她就這樣衝到了我面前。

「也有長得很大的嘛。」

抬頭看著我的女孩露出奸笑。唔，這種感覺是——我察覺氣氛有異，把身體往後一仰，就漂亮躲過她伸向我胸部的手了。我其實是因為她散發出和日野一樣的氣息才躲開，看來這麼做似乎是對的。

「喔，妳挺厲害的嘛。」

收回手的女孩從上到下地打量著我。我不太喜歡被人盯著看。

可是我現在讓肩膀以上的部位保持安分，也沒辦法用大一點的動作表達反感。

「妳好像不是這個家的小孩呢。」

「我是肉店的小孩。」

還請多指教——我扭著身體說道。女孩也和我一樣扭著身體回應。

她似乎不是壞人。可是她的態度簡直就像是比我年長一樣，害我不小心就被這股氣氛影響了。

「肉店的小孩啊。妳在家可以吃肉吃到飽嗎？」

「不太行呢。」

「不太行啊……」

女孩遺憾地歪過頭。要是隨便把要賣的東西拿來吃會被訓話很長一段時間，訓到耳朵都要堵住了啊。之後有逃來日野家借住一下，那時應該就是我第一次來到這個家。

那時的日野看到我來她家玩，還高興到高舉雙手呢。

「嗯？妳為什麼打赤腳？」

女孩看向我的腳邊。

「因為我的鞋子放在玄關。」

我抬起腳張開腳趾，對她說明理由。

「不過我到剛才都有穿襪子喔，看。」

我拉出被我塞在裙子跟衣服之間的襪子，證明我不是會赤腳在庭院裡到處跑的野蠻人。
女孩聽到我這麼說，不知道為什麼大大張開了嘴，仰身大笑。
「真是不管到了哪裡，都有奇怪的傢伙啊。」
我不知為何，被誤以為是一個怪人了。日野偶爾也會說我很奇怪，可是我到底哪裡奇怪了呢？
「好啦。現在吃過茶點，對這裡也膩了，就先回去吧。」
這個家裡拿出來的都是些不甜的點心，所以我對這裡的點心沒有好印象。
這個女孩是不是吃了很高級的點心呢？再說她到底是從哪裡來的？
「有人討厭大的，也有人討厭小的。地球人真是有趣啊。」
女孩在離去前發出了咯咯笑聲。
她講得好像自己不是地球人一樣。這比我還明顯像個怪人啊。
女孩戴上工地用的安全帽，騎著停在另一頭的輕型機車離去。既然她有駕照，那搞不好真的比我年長。
「看來不能以貌取人呢。」
日野也是，雖然長得矮，卻意外有著成熟的地方。
接著我又繼續練習吹草笛。但我在吹出好聽的聲音之前就沒在吹了。
「啊，妳怎麼會在這種地方？」

日野看到我之後就跑了過來。她的速度也快得不輸剛才那個女孩。跑過來的日野直接彎起膝蓋，輕輕撲向我——所以我伸手抱住她，結果她就喊著「喂！放我下來」不斷掙扎。

「放下來了。」

一放下日野，她就扠起腰瞪我。

「妳這個人喔……」

「怎麼了？」

「我不是叫妳要安分一點嗎？」

「我有啊，所以我的肩膀很痠。」

日野已經回來了，應該不用繼續保持安分了吧。於是我放鬆了原本緊繃的肩膀。獲得自由的脖子側邊好沉重。我轉著肩膀的時候，日野嘆了口氣。不過她抬起來的臉上是帶著笑容，所以我很高興。

「妳事情辦完了嗎？」

「其中一個客人跑走了，所以我也趁機跟著跑出來。我們回房間吧。」

日野邊注意自己走來的方向，邊推著我的背。她說的客人，會是剛才那個女孩嗎？是的話，我會很感謝她。因為她讓日野提早回來。

「妳沒給我亂搞吧？」日野在回到房間後四處張望。

「真沒禮貌。」

「因為我有時候真的搞不懂妳在想什麼啊。」

日野說著便坐到將棋棋盤前面。然後她的表情就在看到盤面之後僵住了。

「喂，這個背叛是怎樣啊？」

「因為妳都不給他們薪水。」

「這不是連王將都跑過去妳那邊了嗎！」

「咦？」

我可能有點玩過頭了。

「……好吧，就這樣玩玩看吧。」

日野懶得把棋子放回去，直接繼續這場勝負。在這種地方省工夫可是贏不了的喔——我帶著自己穩贏的心態，意氣風發地移動棋子。移動，再移動。

……怪了，這要怎麼贏啊？

好像反而變難了。

「伯母和其他人都沒有來找妳呢。」

「嗯～因為我在好的意義上沒受到他們的期待啊。」

「這樣喔。」

就不管那麼多了。比起那個——

「妳家的浴池很大，我好期待喔。」

「是嗎？」

「我們一起洗澡吧，就這麼辦。」

「啊？」

日野弄掉了準備放下的將棋。掉下來的棋子是銀。

我們家的浴缸很小，實在沒辦法一起洗澡，不過日野家的應該能讓我們像以前那樣一起進去。

「一起洗的好處很多啊。」

對吧？——我這麼詢問日野。

日野用指尖捏起掉下來的棋子，同時小聲地說：「可是都幾歲了還……」但她講到這裡，就抓了抓頭。

「妳是那個吧，就是為了這個過來的吧？」

「答對了。」

不愧是日野，真了解我。

而因為我也很了解日野，所以我有預感她接下來會展露笑容。

第四章

「決心與友人」

我多久沒聽過安達的聲音了呢？

這應該是我第一次在二年級教室聽到她的聲音吧。

我聽到有人叫了一聲「島村」，一抬起頭，就發現安達站在我旁邊。她的嘴唇和鼻子周圍很緊繃，看起來很僵硬。她的動作跟往常一樣，像個需要上潤滑油的機器一樣不流暢。那感覺很不自然，甚至讓我覺得她的骨頭是不是相互摩擦到在喀喀作響。

原來她有來學校啊。她果然是待在體育館裡嗎？

旁邊的桑喬她們也停下筷子，對突然出現的安達感到吃驚。

「我可以坐妳旁邊嗎？」

安達如此詢問我。我是不介意，不過大家怎麼想呢？

我觀察其他人的反應，也只看到她們的眼神既茫然又搖擺不定，沒人想說些什麼。

「坐吧。」

既然她是問我，那就應該要由我回答吧。所以我出聲歡迎安達加入。不過，這裡也沒有放多的椅子。我正在想有沒有多的椅子時，安達就在我旁邊蹲了下來，決定就這樣解決沒椅子的問題了。她把手上的福利社袋子放到桌上。

那個袋子發出了沉重的聲音，結果我一看就嚇了一跳。

「會不會太多了？」

裡面有三四個麵包。安達又不像社妹，有辦法自己吃完這麼多嗎？

「如果有妳想要的，就給妳。」

她把袋子朝向我這邊。雖然我正在吃自己買的，不過她都說要給我了，就看了一下。剛認識沒多久那時候去買午餐，也因為嫌麻煩就沒有給錢的安達，變得很大方了呢。我輪流看著每一個麵包，覺得果醬麵包好像很好吃。

但是我還是忍不住猶豫要不要伸手去拿。

「唔……」

我看向自己的腹部。再怎麼說，我還是不太敢在大家面前捏自己的側腹來做確認。不過安達自己一個人也吃不下這麼多麵包，結果我還是跟她要了果醬麵包。

「還要再一個嗎？」

「不了，反正我也吃不了那麼多。謝謝妳。」

我一道過謝，安達原本僵硬的表情就鬆懈了下來。嘴角也浮現小小的微笑。

而大概是因為到剛才都僵著臉的緣故，她的鼻頭變成了淡淡的紅色。

安達打開麵包袋子的同時，我們也繼續吃起各自的午餐。但我們的視線依然投向安達，而安達也依然只看著我。

她沒有向其他三個人打招呼，似乎完全不把她們放在眼裡。

她們三個也默默地吃著午餐，在意著安達的存在，而且沒有人開口說話。彷彿我們之間那股倦怠又鬆懈、呈現圓頂狀的氣氛，被名為安達的隕石劃開了一樣。圓頂上開了大洞，原本在裡頭的那股氣氛跟著外洩。感覺那是個絕對堵不住的破洞。

看到像忠狗般蹲在一旁的安達，我自己也是靜不下心來。有椅子嗎？——我轉頭張望四周，找到了沒有人坐的椅子。我離開座位去拿，然後跟旁邊的人說一聲就把椅子借來給安達坐。安達小聲說句「謝謝」，就坐到了椅子上。

這樣就搞定了。心滿意足的我也坐到位子上。

「…………………………」

可是她還是只看著我。感覺都快可以聽到「盯——」的聲音了。

我和好像對麵包的味道毫無興趣，只是小口小口慢慢咬著麵包的安達四目相對。她和往常一樣用有些低下頭的上揚視線，以及滿懷情感的雙眼注視著我。不像課堂上那樣毫無情感的表情似乎在對我訴說著什麼，於是我也一直注視著她，試圖看出當中的涵義。

我不太在乎桑喬她們對我們這種舉動投以異樣眼光。安達在我跟她們之間的交情還很淡的時候回來，或許是種幸運。

默默無語的時間，就這樣一直持續著。只要安達不軟化她的態度，應該就會一直這樣下去吧。

所以，這段沉默時間一定會不斷持續下去。

安達完全沒有想加入大家的意思。

她是想坐在我旁邊，才會來教室。她似乎真的就只是為了這個而來。

看來安達是在思考該怎麼做之後，決定這麼做了。

我感覺她這種絲毫不在乎自己有沒有跟周遭人一樣的態度很極端，同時卻也覺得這樣真的很有她的風格。從這點來看，我的感覺好像也有點麻痺了。

我不知道她到底是有什麼樣的心境變化，才會來到這裡。但我也有考慮到她的為人，所以知道這個舉動之中肯定含有她自己的勇氣和決心。

這大概就是我為什麼會和桑喬她們做出不同反應的原因。

安達帶來我們這裡的不是春天的氣息，而是一種冰冷氣氛。那甚至會散播尷尬氛圍。她不會覺得周遭的視線刺得自己很痛嗎？如果是我，連要鼓起勇氣介入都很困難。

我並沒有要否定安達這個選擇的意思。若是要用一個方便又卑鄙的詞來說，那就是見仁見智。

有的人即使有一百個朋友也覺得不夠；也有人即使只有一個朋友，就會覺得心滿意足。簡單來說，就是當事人內心裝著滿足感的容器能否獲得充實才是重點。安達她……呃，雖然這麼說有點害臊，不過她大概是判斷只要我一個朋友就夠了吧。這樣也是一種答案。

那麼，我又是如何呢？我有時也會煩惱是不是至少需要一個朋友，但至今依然沒有得出答案。

我知道的，是外洩的那股氣氛會飄往何方。
意思就是應該用不著等到換座位，我和桑喬她們的交情就會中斷了。

一到放學時間，安達像是在重複中午的舉動一樣過來找我。
她以一副不想慢任何人一步的模樣，搶先衝到我面前。
「我們……一起回家吧。」
我默默抬頭看她。安達在一小段間隔後不安地垂下眉頭，這時候我才笑著說：
「好啊。」
我故意捉弄她一下，結果安達大概是察覺到我的意圖，稍稍鼓起了臉頰。
「妳剛才是在捉弄我嗎？」
「怎麼可能呢。」
我裝傻而拿起書包，離開座位。雖然感覺有人在看我們，但我還是決定不去轉頭尋找視線來源。反正有找到，也不能做什麼。
不過就算要一起回家，我們家的方向也不一樣，所以剛走出校門就得分頭走。
像開學典禮那樣跟著我走到家門前再跑回去的狀況，應該不會再有第二次了。
大概吧。

我們走出教室。我往安達的側臉看去，發現她的眼角還是很不穩定。與其說安達總是一副要哭出來的樣子，應該說她的眼睛一直搖擺不定。她這樣好像早期少女漫畫裡的少女。

走下樓梯的途中，安達的眼睛看向了我書包上的熊吊飾。她的雙眼跟著吊飾的擺動左右移動。我心想她是不是有興趣，就把吊飾拿在手心上給她看。接著，安達就含糊地說：

「最近很流行那個嗎？」

「流行？我覺得這個一直都有一定程度的名氣啊。」

我感覺這在賣場裡也是和麵包超人並列，已經完全是個大家都對它很熟悉的角色了。而且還有男客人結伴去買，想必客層也很廣吧。

「不覺得這還挺可愛的嗎？」

我打算照著跟樽見的約定把它掛在書包上，好好珍惜它。在那之後，我妹不曉得是不是實際看到吊飾之後就羨慕起來了，還跟社妹約好要一起去買。社妹則是深感興趣地盯著熊的臉，說：「原來地球有這樣的生物啊。」

要是真的有就好了。

「這是在哪裡買的？」

「妳想要嗎？」

「啊，嗯，我在想要不要也來掛一個。」

「這樣啊。」

應該很多地方都買得到，不過，難道安達其實也意外喜歡這種吉祥物嗎？

我正這麼想的時候——

「那……那樣就……跟妳成對……了呢……」

嘿嘿哈哈——安達只有嘴巴在笑。感覺就像飛機起飛失敗一樣。

原來她想要跟我有成對的東西啊。雖然不知道她這麼想的理由，但總覺得這樣很有安達的作風。

如果買了熊，就會變成樽見、我跟安達有成對的東西了是嗎……

這樣大概不算吧。

我打算跟安達一起走到校舍外的腳踏車停車場附近，走著走著，安達就用指尖抓起我的食指。安達雖然低下了頭，卻也看著我。

「可……可以……牽嗎？」

她問我可不可以牽的時候，改用手掌包住我的食指。這樣也沒什麼好說的了。

「牽吧。」我允許她牽手後，安達的手就迅速包覆了我的手。

樽見那時候是牽我的左手，但安達是牽我的右手。

話說回來，安達還不知道樽見這個人的存在。她們之間沒有接觸機會，會不知道是理所當然啦，不過總感覺要是讓她知道了，會讓事情變得很複雜。我認為安達應該是那種不喜歡把自己中意的玩具借給別人玩的個性。

安達牽著我的手，就這麼單手解開腳踏車鎖牽車。我覺得把腳踏車牽出停車場後再牽手比較有效率，但可能對安達來說，那麼做才是多此一舉吧。我和腳踏車一起被安達牽著走到校門。我們的「一起回家」只到這裡。

「那再見了，安達。」

「嗯。」

我一向安達道別，她的雙眼就依依不捨地產生動搖。

「我們明天也能見面不是嗎？」

「嗯。」

「妳會來學校吧？」

「嗯……」

她在這麼回應後又小聲補充了一句話。雖然因為聲音太小沒聽清楚，不過總覺得我的名字似乎也摻雜其中。會是「會來學校見我」之類的理由嗎？

如果真是那樣，我真的會有點難為情喔。

然後——

「……那個，安達同學。」

「怎麼了？」

「妳不放開我的手，我沒辦法回家啊。」

這個啊，這個——我舉起被緊緊牽著的手。她那邊還有腳踏車，要是互相拉扯，局勢對我很不利。「啊……」安達大大張開嘴巴，連忙想放開我的手，可是又停下了動作。

隨後安達紅著臉頰和鼻頭，抽搐著嘴角。

「我……我不會讓妳回去的……」

「啥？」

安達的臉愈來愈紅。她的下唇微微顫抖，看起來毫無餘裕。

「我不會讓妳回去的——！」

「嗯，我有聽到。」

「的——的……的……」

安達又洩了氣。看來她原本是想鬧我，可是失敗了。

安達露出像我之前說過的，那種無精打采的狗一樣的表情，低下頭來。她垂下的頭髮看起來就跟狗耳朵沒兩樣。雖然很失禮，不過她這個樣子比剛才的耍寶有趣。

我看著她這副模樣取樂的途中，安達又紅著臉抬起頭來。

「妳……妳過來一下。」

「咦？」

我被她拉著走了。果然要比互拉的話，我還是敵不過她，被她拖往和我家相反的方向。

雖然我心裡想著要是被帶到太遠的地方會很傷腦筋，也依然順著她的意繼續走。安達最後在

走過學校轉角後停下腳步，也讓我放心了。
被帶到面向農田的校舍後方之後，我才想起安達是個不良少女。我正開玩笑地想著她終於要發揮本領了嗎，安達就忽然拉近我們之間的距離，然後直接——
「喔……喔喔？」
「我……我——！」
過來抱住我。她把手繞在我的後頸和背上，用她纖細的身體貼上來。
而且還突然大叫。這也是我沒料到的舉動，刺耳得讓我到忍不住想把臉轉開。
「不要在別人耳邊大喊」這種警語是不是應該在這種時候用呢？
「我……我覺得……島村……比較好……」
氣勢在中途就熄滅實在很有安達的風格。雖然她說我比較好，可是得出這個結果的過程只存在於安達心中，所以我不知道她這句「比較好」是指什麼。我甚至不知道該害羞，還是高興。
安達沒有做更多說明，只是抱著我左右扭動身軀。我感受到安達幾乎放在我肩上的頭變得很燙。好像只要稍微等一下她的頭就會冒出煙來。冒出強烈大火，然後瞬間燃燒殆盡——現在的安達就好像是稻草。話說，應該差不多可以問這麼做的理由了吧？
「妳為什麼要突然……呃……過來擁抱我呢？」
我自己覺得講「抱住我」太死板了，就換了個說法。安達仍抱著我，所以看不到她的表

情。我只感覺到她的呼吸一直搔著我的肩膀。
「因為……一直都沒有……做些什麼……」
「沒有做些什麼？」
「因為妳……都跟其他人……在一起……」
她的手指加重力道，緊緊抓著我的背。
安達的回答不清不楚的，可是她戰戰兢兢的語氣聽來卻像藏著小小的刺。稍稍刺進我耳朵深處的聲音，讓我靈光乍現。我輕拍扭動著的安達背部，說：
「啊……」
雖然不太確定，但我似乎理解了她的意思。
「妳是在……吃醋嗎？」
安達的頭顫了一下。這成了她的答案，我也忍不住發出苦笑。
「真是個令人傷腦筋的孩子耶。」
輕吐一口氣，安達那遮住耳朵的頭髮就被吹動了。看到這個畫面，我就伸手摸摸她的頭。
看來安達豈止是在我身上尋求姊姊的要素，甚至是在尋求媽媽的感覺。我回想跟只見過一次面的安達母親之間的對話。的確，感覺她確實會渴望這方面的溫暖。但再怎麼說，要我擔任同學的母親實在是……我撇開視線，臉部神經也抽搐起來。要是給同學——給桑喬她們看到這幅景象，很可能會引發不得了的誤會。總覺得會瞬間成為班上的話題焦點。安達她知道有可能會演變成那種狀況嗎？

或許安達就算知道，也會不怎麼放在心上。

雖然不太能釋懷，我還是繼續拍背安撫她。

「……差不多可以放開我了吧？」

我看時機差不多了，就這麼問問安達。安達輕輕像是在無重力空間漂浮般地，慢慢離開我身上。

安達滿臉通紅，彷彿被冬天的空氣弄得乾燥破皮似的。啊，果然是安達啊——看到她這種反應，我甚至有種回到過去的感覺。

建在名為二年級的土壤上那間脆弱稻草屋燃燒殆盡後，就只剩下草原。

放火燒掉那間房子的安達身上，現在似乎也散發著高溫。

「那我得回家了，小櫻妹妹也要趕快回家喲。」

我摸著她的頭這麼吩咐，安達就臉紅到連耳朵都紅了，還低著頭往上看著我說：「為什麼要把我當小朋友？」要這樣反駁請先好好想一下自己的行為舉止。

「總之，差不多該請妳放手嘍。」

我的手汗也差不多流得有點太多了。安達瞇起眼睛，顫著肩膀把手放開。

那動作甚至讓人覺得她的手和我身上牽著絲。

我們到底是在做什麼啊——看著重獲自由後依舊殘留高溫的手心，我心裡不經意冒出這句話。

「晚點……可以打電話給妳嗎？」

安達有如用放手交換問問題的權利般問道。她仍然像在撒嬌。

「電話？是可以啊。」

不過我們有那麼多話題好聊嗎？我內心浮現這個疑問。總感覺又會像往常一樣一直沉默下去，而且光是那樣的沉默就夠痛苦了，對方是安達的話，我還得主動找話題活絡氣氛。所以，老實說我很怕那種狀況。我什麼時候才能頓悟到連遇上那種沉默都能樂在其中呢？

總之，讓眼前的安達在剛才聽到我的回應後透過眼角展露喜悅，並不是件壞事。

「我大概七點會打電話……給妳……」

安達留下這句話之後就跳上腳踏車，慌忙騎車離去。

妳說七點……

「那時間我還在吃飯啊～」

我擅自認定她應該沒有聽到我說話。我放棄糾正她，決定先回家。

整理好在她擁抱下弄亂的制服後，我又不自在地抓了抓脖子。

下午六點到七點那個時段應該一般來說都是晚餐時間，但安達似乎沒有這種觀念。而我也的確無法想像出吃飯時間很有規律的安達。

自己成長的家庭、養育自己的人、從小到大看進眼裡的事物、深植內心的事物——

即使是同年紀的高中生，養成的觀念也會隨著環境而有不同。

我覺得這點還挺有趣的。

「早點開飯吧，我餓了。」

要從頭說明理由也很麻煩，於是我就編了這個理由告訴人在廚房的母親。「啥～？」她嫌麻煩似的轉過頭來，然後冷冷說了句「我正在煮啦」。這回答有一點點答非所問。

「要吃小饅頭嗎？」

社妹拿出點心的袋子，發出沙沙聲。她最近好像愈來愈常出現在我家了。

不過我跟她要了一個小饅頭。吃下去的味道和我記憶中的一樣，讓我鬆了口氣。

「妳要不要自己先吃？」

看來母親姑且沒有把女兒的話左耳進右耳出。

「那好吧。」一說著，我便坐到位子上。感覺我妹之後知道我這樣又會囉嗦些什麼。

「話說，今天晚餐吃什麼？」

「買來的烤雞串。」

妳為什麼要把那個拿來切啊，老媽？

「真期待呢～」

而某個藍色的孩子不知為何跑來坐我旁邊。不曉得她是怎麼解釋我的視線，舉起了點心的袋子。

「是要再拿一點小饅頭嗎？」

我不是那個意思啦。

總之如此這般，我就先吃完了晚餐，回到房間裡等。我原以為依安達的個性應該會等不及地提早三十分鐘左右打來，可是就算過了六點半，手機也還沒響。我邊看電視，邊把手機放在身邊，等待時候到來。

這樣想想，今天下半天都在面對安達。因為沒有交談而累積至今的互動量一口氣沖了過來，讓我無法站穩。想必新學期開始後的兩星期應該會消失在那股浪潮中，接著迎向完全不同的生活吧。我認為這樣有點匆忙。

安達是不是也在這支手機的另一頭等待七點來臨呢？感覺她會端坐在床上，面對放在眼前的手機。我也模仿那樣的她端坐起來。我總覺得這種想去觀察手機就會身體微微前傾變成駝背的狀況，就是安達會做的事。

之後我應付了一下抱怨著「姊姊好賊喔～」的妹妹，和化身為小饅頭快遞的社妹消磨時間，而就在七點整，我的手機響了。

時間算得非常精準，就好像安達變得像咕咕鐘的鳥那樣飛出來。

我先把電視轉成靜音，再接起電話。

『……是島村嗎？』
她不是說「喂？」，而是確認我是誰。明明打電話過來的是妳啊。
「對對對，我就是。晚安啊。」
『晚……晚安。』
「妳腳有麻掉嗎？」
『咦？咦，為什麼？妳怎麼會知道？』
似乎是猜中了，害我忍不住噗哧一笑。我一笑出聲，就感覺到安達更慌了。不知道她是不是在四處張望，擔心被我偷窺，聲音時而從左邊，時而從右邊傳來。
「我隨便說說的……好了，所以呢？」
『所以？』
「我在想妳是不是有什麼話要說。」
我不怎麼期待她會說什麼，不過還是催促了一下。而正如我的預料，安達含支支吾吾地說：『呃，也沒什麼想說的……』
『只是……因為最近沒有跟妳講電話。』
也不用說什麼最近，我跟安達幾乎不怎麼透過電話聊天。沒錯，因為我們沒什麼話題好聊的。
彼此都沒有興趣，所以聊不起來是理所當然。我們沒有共同的興趣或參加相同社團的活動等可以聊的要素，氣氛根本熱絡不起來。
虧我們有辦法跟這樣的人持續打交道半年。
我跟安達兩個人都是很不可思議的人物。
「安達都不會想交幾個朋友嗎？」
跟先前一樣，到頭來還是由我提出話題。我想起午休那件事情，就開口這麼問她。
『咦……嗯，我沒什麼興趣交朋友。』
她語氣乾脆地如此肯定。透過電話聊天的話，她的個性真的會變得很消極呢。
可是這麼內向的安達卻會牽我的手或抱過來，這又是怎麼回事呢？
『而……』
「而？」
安達開始主動開口。但她馬上又受挫，停了下來，然後——
『而且有島村在啊……』
我很驚訝她怎麼會突然這麼說。慢了半拍，我才想到這就是她不想交朋友的理由。
就算把這兩件事連結在一起，她的回答還是和我預想的不太一樣。我原以為她應該會說「因為島村就是我的朋友」。也許就結果來說，她的意思和我想像的回答相同，不過今天的安達似乎不能用我過去的經驗來面對。我心想說不定會演變成長期戰，就換了個地方坐。
我把摺起來的被褥當成坐墊坐上去，伸直雙腳。接著，耳邊傳來了安達的聲音。

『島村會跟別人講電話嗎？』

這句話很像有接續剛才的對話，又很像稍微跳脫了。是個很難理解的提問。

「偶爾還是會啊。」

我想起了樽見。說到我們的暱稱，小樽、小島……所以安達就是小安？感覺好怪。

『原來會啊……』

這四個字聽起來很僵硬，彷彿是重重落下來的一般。

聽來像是失意，又或是冷淡地接觸事實。總之，當中沒有一點正面情感。

「這是該感到遺憾的地方嗎？」

『因為，要是只會跟我講電話之類的……而且，我只會跟島村……』

「喂～？我聽不到啊～」

如果是不打算給人聽見的自言自語倒沒關係，可是現在是在講電話啊，會不小心聽到一點點。

『……沒事。』

雖然不像真的沒事，不過死纏爛打地問她也不太好，我就速速放棄了。

「那就好。」

『……嗯……』

然後又陷入了沉默。我看向時鐘，發現還講不到五分鐘。

我磨蹭雙腳拇趾打發時間，同時想著該怎麼辦。剛才是安達提出話題，所以接下來大概輪我了——我感覺應該是這樣。我不知道自己為什麼會受到一種類似要輪流說話的義務感驅使，但感覺這樣比較公平。

「對了，謝謝妳中午給我麵包。」

由於我們之間一直飄盪著很微妙的氣氛，於是我決定開口對她說聲遲來的道謝。

『啊……嗯，嗯。』

我在心裡笑說這樣果然沒辦法讓話題發展下去時，安達卻出乎我意料地繼續說：

『島村喜歡甜食嗎？』

居然來了一個超普通的話題——聽她這麼問，我反倒覺得很稀奇。

我們也沒談過這種話題嗎？我開始回想待在體育館的那段時間。

搞不好沒有談過。那段時期只是讓時間無謂流逝，絲毫沒有累積任何東西。

「會有人討厭甜食嗎？我滿喜歡的喔。」

雖然沒有我妹那麼喜歡就是了。那傢伙愛吃到讓人懷疑她根本是點心國度的居民。

『那，我們下次一起去吃……』

「嗯？好啊。」

是要吃甜甜圈，還是歐姆蛋舒芙蕾呢？下次換吃可麗餅或許不錯。

『太……太好了。』

妳用這種好像肩頸僵硬的說法表達喜悅，也只會讓人覺得很奇怪。

我們再次落入默默無言的山谷當中。每次要爬上來都很累人，我身體裡沒有足夠的牛磺酸可以應付這種狀況。

「我們差不多就講到這裡吧？」

『咦？』

我感覺得出她聲音中的慌張，甚至覺得她的聲音聽起來分岔成兩道。

「畢竟繼續聊下去會花更多電話費。」

『啊，沒關係，我有存款可以付。』

「可是不覺得只花錢不講話很浪費嗎？」

畢竟那些存款應該是安達穿著旗袍辛苦賺來的錢。

雖然不重要，不過我總覺得那件旗袍給我穿應該也不好看。

要安達那種美少女來穿才好看。

「不會啊，因為……呃……島村的……」

「我的？」

另一頭傳來像是不斷用手指敲著地板的咚咚聲。這樣感覺很像因為沒有吃糖果就很暴躁的人。咚咚聲結束後先是出現一小段空檔，她才說：

『因為講電話的時候，可以獨占……島村的……時間……啊……』

安達支支吾吾地結巴了好幾次，說出這段話。
這讓我一時說不出話來。
「…………………………………………」
竟然用上了「獨占」這個詞啊。這實在是種很沉重的形容方式。
但回想至今和安達之間的交流，就發現這其實不值得驚訝。
「……安達妳啊……」
『……咦？』
「是獨占欲那一類情感比較強的人吧？」
感覺她也會想獨占一個朋友。想想中午的事情，也會有這種感覺。
『算……算普通吧……』
「不不不，這難說喔～」
『就說很普通了嘛，很……很普通……』
不曉得是不是聽我這麼說就被逼急了，她連續說著一樣的話。
一想像現在安達應該正急得不斷轉動眼睛，我就忍不住開口說：
「不過……怎麼說，不管形式上是怎麼樣，受到人重視我是覺得不壞啦。」
不小心就乾脆地說出這種話，讓我默默害羞了起來。
我雖然笑了一聲掩飾心裡的害臊，但要是讓她察覺我在掩飾就更難為情了。

我觀察電話另一端的反應，看有沒有被她察覺，卻沒聽到任何聲音。連安達原本摻雜在靜默之中的呼吸聲都消失了。但通話還沒中斷。我好奇地仔細注意起她的動向，結果安達就突然嗆到，發出「噗嘿！」一聲。那聲音傳來好幾次，像是吐出來的氣息爆裂開來一樣。

看來是她屏住呼吸……還是該說呼吸停止？結果好像閉氣到了極限，就嗆到了。她嗆得很嚴重，嚴重到把我聽到的一切化作文字會損害她的名譽，所以就不說了。嗆得亂七八糟的安達後來陷入了自我厭惡當中，聲音也變成快哭出來的那種鼻音，還有其他各種狀況也全部混在一起，變成很不得了的情況。而我一直安慰她……應該說一直在安撫她，結果就意外過了很長一段時間。

雖然狀況多少有些特殊，不過也算是被安達救了一次……吧？

我在差不多可以掛電話的時候往時鐘看去，發現已經過了三十分鐘左右。真的有在講話的時間是不多，但我想這算撐了挺久的。

「明天學校再見，別蹺課喲～」

『島……』

「島？」

我感到疑惑。剛才是不是也有過類似的對話？

『島村也……別蹺課喲……喔！』

安達要有氣勢又沒氣勢的聲音，讓我頓了一下才笑出聲來。

樽見也是這樣，看來這兩個人都無法完全捨棄活潑開朗的路線。

而她們這種調調遇上我，到最後都會是徒勞無功……咦？是我的問題嗎？

之後安達依然一直不打算掛電話，所以我就在倒數「三、二、一」之後掛掉了電話。面對安達的時候，有很多情況下都是必須要由我來率先做些什麼，老實說，真的讓我累得不禁想嘆氣。我的個性不適合做這種事情。

我在講完電話後屈起伸直的腳，抱膝而坐。

磨蹭著雙膝的同時，一種類似沉吟的聲音從喉嚨裡竄了出來。

「唔……」

明天也會是這樣嗎？不過今天的安達很像用上了全力，說不定明天會稍微冷靜一點。不對，就算冷靜下來了，也鐵定會再出現類似的場面。

安達會靠過來，其他人則會避開。這麼一來，就會產生只屬於我跟安達的時光。

就算我不情願，也一定會變成那樣。

和安達在一起，我的可能性就會漸漸遭到固定。若要限定一同前行的夥伴，自然會淘汰掉一些選擇。我注視著這樣的現實，而不是這件事情的好壞，開始思考。雖然是理所當然，不過我應該選擇對自己來說最好的那條路。

安達下定決心選擇不需要其他人的道路。

說是決心是太誇張了，但對高中生來說，這個選擇帶有相當大的意義。

「我想……」

我未來能夠找出接在這段話後的答案嗎？——我如此心想，緩緩閉上了雙眼。

附錄「社妹來訪者7」

「唔……」

我發現自己從認真寫作業變成假裝寫作業後，斜眼看了一下旁邊。

姊姊和小社正在看電視，而且小社坐在姊姊的兩腳之間。靠在姊姊身上的小社頭髮散發出光粒，飄在姊姊的下巴和脖子附近。

從學校回來之後沒有換下制服的姊姊半睜著眼在打瞌睡。姊姊春天的時候總是一副想睡覺的模樣。小社則是面帶微笑，然後偶爾會拿小饅頭來吃。坐在書桌前的我輪流看著她們兩個的臉，手就停下來了。

支撐著小社的姊姊，還有黏在姊姊身上的小社。

我到底是看到誰才覺得悶悶的？

有種不清楚又不舒坦的感覺滯留在我的身體中心。

「嗯～？」

看起來很想睡的姊姊發現我在看她們，一臉呆滯地看向我。

對上眼後，我感覺到一種類似尷尬的氣氛。

「很吵嗎？要不要我把聲音調小一點？還有這傢伙也是。」
姊姊把手放在正在吵鬧的小社頭上。被壓著頭的小社依然帶著笑容，說：「小同學也一起看嘛～」
「不……不了，我沒有……沒有很想看……應該說，我還有作業要寫。」
我忍不住和天真地邀我一起看電視的小社唱起反調。
「真了不起～」
「真了不起呢～」
我被她們超隨便地誇獎了。啊～真是的。我抓抓頭，繼續寫作業。
但我才寫完一兩個題目，手就立刻停了下來。
我又偷偷斜眼瞄向她們。
姊姊還是在打著瞌睡，小社也是滿臉笑容。
「……唔……」
再邀我一次啦——我開始恨起一些事情，包括自己故意唱反調的舉動。
「那……那個，小社，妳過來一下啦。」
我知道現在的姊姊叫不動，所以叫小社過來。「有什麼事嗎～？」小社悠悠哉哉地轉頭看向我。
「想說請妳幫我想一下作業要怎麼寫。」

其實我自己就有辦法解題目，還是說了這種話。
但是小社完全不懷疑我的用意，反倒是得意地揚起嘴角。
「呵呵呵，居然會想到依賴我，小同學真有眼光呢。」
小社說著跑過來我這邊，我則是好像有點鬆了口氣，卻又好像有點覺得自己變成討人厭的小孩。這兩種交雜在一起的心情，流過了位在自己身體中心的東西旁邊。
「畢竟我可是社妹A夢呢。」
啊，她還在玩那個啊。在她身後的姊姊躺下來睡成大字形。
「那，這是什麼呢？」
小社看著桌上的課本這麼問。
「咦，這是……數學啊。」
明明課本上排著一堆加號和減號，應該一看就知道了，小社卻擺著完全不知道是什麼東西的表情。前陣子的蛋糕也是這樣，我覺得小社不知道的東西有點太多了。
她說自己已經從學校畢業了，可是到底是讀什麼樣的學校，才會變得像她這樣一堆東西都不知道呢？
「唔～」
「…………………………」
「喔～」

「……………………………………………………」

我靜靜地等她，可是我連小社在思考什麼都不知道。

她一下唔唔低吟，一下盯著課本。不過她突然闔上了課本。

接著小社就看著我，張開她小小的嘴。

「&##$%。」

「咦？」

「跟我唸一次，&##$%。」

我幾乎聽不清楚她在講什麼。

「歐……歐拉哈。」

我講了一句發音很像的話。

「沒錯沒錯。」

小社滿意地點點頭。居然還兩手抱胸，看起來有點得意忘形喔。

「剛才那是什麼？」

「是宇宙語。」

「宇……宇宙……」

「這是有點年代的常用字彙，不過那是我出生前的事情，所以我也不太清楚。」

既然不清楚，那為什麼還一副很有自信的樣子呢？

「就讓我來告訴小同學一些宇宙的事情吧。」

「……宇……宇宙的事情嗎？」

「首先，我們一族的平均壽命有八億歲，比較長壽的……」

小社開心地說起也不知道是不是捏造出來的事情。

我明明沒有說要聽，卻也在不知不覺間變成了聽眾，聆聽她講的內容。

小社說的內容裡到處有著數學課本裡不會出現的大數字隨意亂竄。在這些奔放的數字玩弄之下，我甚至覺得自己身處風暴當中。

另一方面，在她身後的姊姊則是睡到翻了個身。

被捲入這場風暴裡的只有我。

途中，小社偷瞄了一下闔上的課本。

我暗自懷疑她是不是在敷衍自己不會數學這件事，是不能說出口的祕密。

「今天的安達同學」

假如島村是一隻貓。
「島——」
假如我是一隻貓。
「島——」
為什麼叫聲會一模一樣呢？

第五章 「友人與愛」

我是非常普通的人類。
或許個性和行動上有些問題，但我不是指那方面，而是指架構部分。簡單來說，我是一個沒有什麼特點的普通人類。
我沒有碰觸眼睛看不見的事物的能力。
也無法介入不是在自己眼前發生的事情。
這樣的我所害怕的，是島村會在不在我身邊的時候漸漸變成「我不熟悉的人」。我很害怕，好害怕，好害怕。
所以，我決定今後一分一秒都不要把視線移開島村身上。
也真的這麼做了。
「呃……安達。」
島村傷腦筋地笑著呼喚我。
我用眼神問她有什麼事。看向她的同時，我的肩膀也碰到了她。
是不是靠得太近了點？島村在眼神左右游移後，輕輕嘆了口氣。
「算了，不管了。」
我們交談的時候，島村常常用這句話了事。

她會用這句話替對話告一段落，然後接受事實。
她和支支吾吾想說些什麼的時候的我不同，講話很乾脆。
那天早上第一節課就是體育。一年級時我嫌換衣服麻煩就總是蹺掉體育課，但現在的我不想漏看島村一刻，所以決定以後都要來上。
這堂課是在外面做體能測量。同時也是和其他班級一起上的課，大家被分成幾個小組在跑操場。我們在輪到自己去跑之前，都一直坐在一起。
島村的視線放在正在跑的那群人身上，我則是觀賞著這樣的島村。我第一次看到島村穿體育服，不過我也得知了島村不管穿什麼，她身上的那股獨特氛圍依然不變。當我在思考該怎麼形容她那種氛圍時，前方出現了一道影子。
「喔，安達達在耶。」
「達達～」
日野和永藤跑來我們面前。日野推著永藤的背，像在玩電車遊戲一樣。「今天反過來了啊。」島村小聲說道。什麼東西反了？
「妳看起來亮亮的呢，永藤。」
島村對永藤這麼說。經她這麼一說，永藤的頭髮確實看起來濕濕的。
永藤得意地撩起沒有很長的頭髮。
「因為我早上洗過澡。」

「真的是洗到快來不及上課。多虧她，連我的頭髮都只乾了一半。」

日野一臉苦澀地補充說明。仔細一看，還發現永藤頭髮甩出來的水滴，噴到了日野的額頭上。

「日野家的浴池真的很大喔～」

永藤自豪地這麼說，一副像要接著說「很棒吧～」的模樣。日野家的浴池？

「為什麼要特地去別人家洗澡？」

島村講出和我心中相同的疑問。對此，永藤只有若無其事地說聲：「喔，因為我昨天去住她家。」我在心中暗自發出「咦咦咦」的驚嘆聲。原來她先住在日野家一晚，早上洗過澡就直接來學校了嗎？

而且聽日野剛才的說法，她們居然還一起洗澡嗎？

咦咦咦。

島村只有「喔～」了一聲，沒有太大的反應，但日野卻慌張地推起永藤的背。

「這種事情下次再說就好了啦。好了，該走嘍。」

日野大力推著永藤離去。她們奔往自己班級那裡。

「這兩個傢伙還真忙啊。」

說著目送兩人離開的島村又重新看向前方的操場。我沒有看著操場，甚至暫時停止看向島村，開始沉思。我的腦袋持續運轉，以處理從永藤和日野的話中感受到的衝擊。

住在對方家裡。
她們竟然做這麼瘋狂的事！我這麼想，同時也靈機一動，覺得「就是這個！」。
我一看往正茫然看著操場的島村的臉，她的視線就轉往我這裡。
「我……我也可以去嗎？」
「啥？」
島村睜大了雙眼。但我沒有多加顧慮，直接繼續說：
「去住一晚……」
「……嗯？住日野家？」
不對不對不對——我不斷搖頭否定。
「我……我說的是島村家！」
島村的表情僵住了。這是那麼令人意外又奇怪的提議嗎？
我帶著快產生暈眩的腦袋等待她的回答，結果島村開口問：
「為什麼？」
妳問我為什麼……
「我家的浴室很小喔。」
「其實我不在意浴室大還小……」
真的不在意嗎？不對，我也覺得好像該在意一下。該在意一下浴室的大小吧。

但現在不是拘泥於這一點的時候，現在講這個還太早了。

「我是……不在意啦。可是我想到妳家住。」

「唔……」

島村閉上眼，把手指貼在額頭上。

「有什麼理由嗎？」

她的問法變得委婉了點，不過問的還是一樣的問題。

有人突然說要住自己家確實會很困惑。我也能理解她的回應為什麼聽起來不太願意。可是既然都提議了，在這時候退縮就很難再等到下一次機會。

機會就像是漂在水面上的東西。想增量就只得加水稀釋它。

再怎麼增加次數，也只會讓可能性分散開來。

「因……因為我想……和島村變得更要好。」

我老實把理由講出來。這幾乎是臨時想到的提議，所以我真的沒有其他理由，連肚子深處都是空蕩蕩的。啊……果然把對島村抱有的期待和願望吐出口，我就會變成空洞的人。

「原來我們感情很糟嗎？」

島村一副「我還真不知道有這回事耶」的模樣，睜大眼睛盯著我。

「感……感情很好啊！雖然……覺得很好，可是我希望能更要好。」

我壓低視線，無法好好說話。視野變得狹窄起來，像是有東西蓋住了頭的上半部。

應該說，最近的我在島村面前大多無法保持平靜。
雖然之前就是這樣，可是這幾天真的又惡化了。
再說，「希望能更要好」是什麼意思啊？明明是自己說的，卻想不出具體的情境。
「到別人家住就能變得要好……嗎……？」
島村懷疑地問道。我很想靠衝勁敷衍掉她的疑問，卻也說不出話來。
的確連我自己也不覺得，人與人之間的感情有這樣的階段性變化。
「唔……」
思考中的島村又把頭轉回了前方。難道是日野她們要住還能接受，是我就太早了嗎？雖然這種事情確實要等更要好、交情更深以後再來，但我也覺得要好程度應該不是可以用類似經驗值的感覺來看待的東西。要是具體做些什麼就能加深感情，那就不會有人為人際關係煩惱了。不過「沒花多少時間就成為最要好的朋友」這種事情聽起來確實也缺乏真實性。
到頭來，我到底該怎麼做才好？
如果這是個只要擁抱就會產生愛的世界，反而還比較輕鬆。
「是說，妳還真是受到日野她們不小的影響耶。」
島村忽然又轉過頭來對我這麼說。因為她說得完全正確，讓我非常難為情。
我把嘴巴靠上彎起的雙腳，瞄著島村說：
「不行嗎？」

「太容易看出來了。」

她的回應有些含糊。她不說那個嗎？——我縮著肩膀，內心充滿不安。

不說嗎？還不說嗎？我心神不寧地靜靜等待那句話。

然後——

「算了，不管那麼多了。」

那句帶有魔法的話語撈走了我心中的不安。

聽到這句話的我放心了下來，把臉貼上膝蓋。

……在那之後又過了一陣子，來到當天的放學時間。

「那……妳要在這星期六或日來嗎？」

島村用手機的月曆確認日期，同時這麼提議。

我一聽到她這麼說，就立刻點了點頭。

提議到島村家住，還帶來了可以用安排住宿時間的名義，在放學後和島村喝茶的附加效果。好厲害，到別人家住的主意好厲害。

「連假……連……連住兩天？」

「妳想住那麼多天嗎？我先聲明，我家不是旅館喔。」

我們人在購物中心的甜甜圈店裡，坐在靠窗座位的島村笑著說：

「我家又不像日野家那樣啊。」

「……日野的家很大嗎？」

難道島村也有去住過嗎？

「聽永藤說是很大的宅邸喔。不過我沒親眼見過就是了。」

原來沒見過啊……我不禁鬆了口氣。那就無妨了，老實說，我對日野家沒有興趣。

就算她家再怎麼寬廣，島村也不在那裡。

「呃，反正我在家裡也沒事做，所以……假日到別人家住……也沒什麼問題……」

「那打工呢？」

「打工我會去。呃……從島村家去。」

我說完，島村就笑得抖起肩膀，也不知道是覺得什麼事情好笑。

這會讓我很怕自己講了什麼奇怪的話，所以我很希望她能好好解釋一下。

「嗯，嗯……」

島村在放下手機之後，咬了口甜甜圈。我也和她一樣咬下自己的甜甜圈。

她還有多外帶三個甜甜圈，似乎是要給妹妹的。

我正疑惑買三個甜甜圈給一個人吃會不會太多時——

「唉，反正回去大概還會再看到另一個人……」

哈哈哈哈——島村傻眼地瞇眼笑了起來。另一個人？

「怎麼說，我覺得自己最近好像變成有兩三個妹妹一樣啊。」

島村擦著沾上糖粉的手指，抬頭望向遠方。
我發現自己也在她的視線範圍裡，忍不住眨了眼。
雖然我覺得不太可能，不過還是指著自己的臉說：
「我也是嗎？」
「哈哈哈！」
被笑了！
那是一副「妳很清楚嘛」的燦爛笑容。島村平常的笑容都是想帶過話題的淡淡微笑，但她剛才笑到連眼角都上揚了。
能看到她這樣笑是很棒，可是我被嘲笑的事實還是不變。
我低頭盯著桌子思考。
妹妹嗎……妹妹啊……
島村櫻……………好像故意要押韻一樣。（註：日文中「島村」和「櫻」的最後一個發音都是ra）
雖然比朋友關係還要親近許多，是很不錯。
但感覺也會因為太過接近，反倒多了一些她不願意對我展露的部分。

要先從什麼東西開始準備呢？我跪坐在房間正中央，環視周圍。住宿準備當然是早一點處理完畢最好。這樣才能做好萬全準備，以免到時候發現缺了什麼而弄得手忙腳亂。這是當然的。極為理所當然。嗯。

其實我只是在掩飾內心的躁動。

換洗衣物一定要帶。我屈指數著需要換衣服的次數，但我俯視彎下的手指，不禁面露難色。我在家裡穿的衣服只有假日會穿的兩三件，而且還是全部同款式不同色的慘況。雖然我是有其他的衣服啦。我先前買來想在跟島村過聖誕節時穿的衣服幾乎沒有穿過，都堆在一邊積灰塵。不過那全是冬天的衣服，要在春天穿有點困難。看來只能再去買過了。

我在手邊的便條紙上寫下「要買的東西：衣服」。

再來是盥洗用具、換洗的內衣褲、襪子、錢包，還有手機也帶一下。棉被要帶去比較好嗎？不知道島村家有沒有多的，不過就算真的沒有，現在這個季節這麼溫暖，也不會沒辦法睡。而且又會占空間，就不帶了——我畫條橫線刪掉棉被。要準備的大概就這些吧。

再寫下去，就發現便條紙變得像教育旅行的導覽手冊了。我看著便條紙，苦惱著是不是這樣就夠了。我實在不覺得還能再裝更多東西，這跟準備住院的必需用品差不了多少。

我雙手環胸地仔細思考。

只是單純去住她家沒有意義。不對，我光是能看到島村平常的樣子就很開心了，可是我不希望讓島村覺得很無聊。不找些事情做，很可能會像講電話時那樣不斷陷入沉默。

帶些東西去跟島村玩怎麼樣？

像撲克牌之類的？總覺得愈來愈像教育旅行了。雖然有種兩個人玩撲克牌也沒什麼意思的感覺。那就挑適合兩個人玩的……將棋？黑白棋？我不知道將棋的規則，不過挑黑白棋或許不錯。我在便條紙的角落寫上當作遊戲候選的黑白棋。

之後我抬起頭，往擺在房裡的迴力鏢看了一眼。就算不考慮那個，但想到桌球，島村說不定比起在室內玩，更喜歡活動身體。這麼說來，我們也有去打過保齡球。我希望下次可以不帶上那個嬌小的奇怪孩子，只和島村兩個人一起去。

可是既然要出門，那住在島村家有意義嗎？

「……不。」

一起出門，再一起回家。和島村走在一樣的歸途上很不錯。

我又多筆記一條「保齡球」。

但接下來呢？——我前傾著身體思考到這裡，不禁停下了動作。

一般朋友都是怎麼把氣氛玩熱的呢？

我稍微在想要不要問問日野她們。不過那兩個人也有些說不上是普通人，總覺得沒辦法當作參考。尤其是永藤，感覺問她的話，會得到莫名其妙的答案。這問題真困難啊……我放下筆，雙手交叉胸前。我這樣好像在面對禪僧問答的人。

島村應該完全沒在煩惱吧。這種態度上的差別令我身體稍稍顫抖。

島村。

和島村的家。

和島村做些什麼。

「…………………………………………」

若真的沒事好做，也只要一起看電視就好了吧。

像之前那樣拜託島村讓我坐在她的雙腳間。坐在那邊，再稍微轉過頭。

我下意識地放開了交疊的雙手，改撐在地板上。我低下頭，等待奔騰全身的高溫慢慢冷卻下來。

冷靜了以後又繼續雙手抱胸，閉上眼，詢問自己──

如果再遇上一樣的情況，我這次有辦法不逃走嗎？有辦法和她四目相對嗎？

對了，不可以逃避──我得到了這個答案。雖然講得像事不關己一樣簡單，但我一意識到不能逃避，腦袋就又開始發熱，也可以感受到某種東西逐漸沸騰起來。

「我不會逃避的──！」

只有自己在家的時段，意外可以毫不排斥地這麼大喊。

我不斷大喊的時候，腦袋裡也許有什麼東西斷裂了。下巴的動作相當輕盈。

我不可以永遠保持一樣的自己。

因為我想當一個面對島村時可以更積極的自己。

該準備的東西已經想得差不多了之後，我抬頭望向時鐘。

豈止連休還沒到，連今天都還要很長一段時間才結束。

時間流逝的速度和我獨自度日的時候一樣緩慢。

但還是有個不同之處，也就是我正看著這段時間結束後會到來的希望。

還沒到嗎——我的右腳著急得上下抖動。

我對時鐘的針祈禱它能走得快一點。

「…………」

我站了起來，打算去買衣服。

「妳的行李會不會太多了？」

這是出來迎接我的島村說出的第一句話。

右邊肩膀有一條揹帶，左邊肩膀也有一條揹帶。另外，背後也揹了一個背包。

我分裝成三個包包，所以行李不是很多……我自己是這麼覺得啦。

「妳好像弄得有點像在搬家耶。」

好誇張啊——島村在笑我現在的模樣。是那種「妳帶那麼多，到底是帶了什麼啊？」的反應。

在那之後我又想過很多，覺得什麼東西都要用島村的不太好，就把洗髮精之類的用品也帶來，也因為覺得食物自己準備應該比較省事就買了四天份的食物，後來又覺得至少帶條毛毯——我像這樣把心裡的顧慮一個個處理掉，就多了兩個包包出來。

我打算星期天也住島村家，星期一再跟島村一起去學校，所以制服跟課本也有放在包包裡。這些東西占了第三個包包的大半空間。

「還有，妳會不會太早來了？」

看到射入屋內的晨光，島村揉了揉眼睛。島村被陽光照亮的臉上，有著打哈欠所留下的淚痕。

現在的時間是上午八點。

「抱歉，妳剛剛還在睡嗎？」

我清醒得睡不著，也坐不住，結果等回過神來的時候，我已經在島村家的門口了。

「嗯，被妳叫醒了。啊，其實我不介意啦。安達很守時呢，真了不起。」

「咦，嗯。」

其實我七點前就到了，但我認為真的早過頭，就又騎著腳踏車遊蕩了一小時左右。還好現在是很溫暖的時節，在外面發呆也不會冷得發抖。而且我也由衷覺得今天是假日真是太好了，因為不會被上學途中的小學生們投以異樣眼光。

島村撥起亂糟糟的瀏海後，就睜開她已經清醒的雙眼說：

「嗯，我覺得很奇妙的地方，大概就是這樣吧。那麼，我再好好跟妳說聲：歡迎妳來，安達。」

她笑著迎接我的到來。我像是被飼主引領般被帶進島村家中。

我一脫鞋走進島村家中走廊，就和從走廊盡頭走出來的島村妹妹對上眼。她嚇了一跳，我也嚇了一跳。

「她是姊姊的朋友，妳還記得她嗎？」

島村對妹妹介紹我的身分。

「打……打擾了。」

我低頭和她打招呼，就聽到小小一聲「妳好」。記得島村之前有說過，她妹妹好像很怕生。和我一樣呢。突然覺得有種親近感。然後我驚覺了一件事情。

原來這種共通點就是我被當成妹妹看待的主因啊。

島村妹妹立刻跑到其他房間去。是去廚房了嗎？

「唔，她又戴起乖小孩的面具了呢。」

島村笑著目送妹妹離開，然後馬上轉頭看向我。

「到二樓的房間可以嗎？應該說，現在只有那裡是空房間。」

島村指著走廊旁邊的樓梯。我準備點頭時，才察覺——

島村的房間應該在一樓才對。

或許是我的懷疑態度顯露在外了，島村疑惑地問：

「咦？妳討厭二樓嗎？」

「是……不討厭啦……」

這種事情可以說出來嗎？我慌得眼睛和心臟都陷入了混亂，結果還是說出口了。

「只是在想……原來……不是和島村同個房間。」

呃，那個，就是……其實我很怕晚上只有我一個人……

想想自己的家庭環境，就發現這是個很牽強的謊言。島村應該也能馬上看穿吧。

「妳比較想和我同個房間嗎？」

島村毫不委婉地直接詢問我的意見。

老實說，那樣比較好，非常好，應該說我希望可以那樣。這提議怎麼樣？可以嗎？——我用眼神向她訴說自己的願望。

但島村卻傷腦筋地垂下眼角，微微揚著嘴角說：

「我是不介意啦，可是我妹大概會不開心。」

她又說了一句對不起，拒絕這個提議。我想也是啦，嘿……嘿——我把原本心裡的龐大期待藏到表情背後。

不管在現實中碰壁幾次而學到不是什麼事情都能順心如意，還是無法避免多少感到沮喪。「不，沒關係。」我講話的速度不禁快了起來。

島村帶我到二樓去放行李，而她帶我前往的是她上次用的讀書用房間。在季節轉變後，原本的暖爐桌被收起來，變成一床被褥。

我放下包包，蹲坐在房間中央回想剛才島村說的話。

我是不介意啦。

「原來她自己不介意嗎？」

我的眼前稍微明亮了起來。

搞不好我的個性其實意外樂觀。我用朝上的鼻子和嘴巴吸進房間裡的空氣。和上次一樣摻雜著灰塵的空氣，讓我的臉部徹底變得乾燥。

我一下半蹲，一下坐下地煩惱著要不要去拉開緊閉的窗簾。途中，門打開了。島村只從門敞開的空間後探出頭來。

「要吃早餐嗎？還是妳有先吃過？」

「啊，沒關係，我有帶來。」

我開始在藍色的包包裡翻找。我把食物放在上面，所以沒怎麼被壓到。我滿意地拿出裝著很多長條麵包的袋子。「我有這個可以吃。」我對島村主張自己不會給她們家添麻煩。

「是喔。」

「嗯……」

回答的同時，我也很懷疑這段莫名的空檔是怎麼回事。

我看著她，同時準備打開袋子的時候，島村驚訝地睜大了眼睛說：
「什麼，妳要在這邊吃嗎？」
「咦？」
「我在想妳要不要一起在廚房吃。因為我接下來要去吃飯了。」
原來是這樣啊——這時我才終於理解了她的意思。隨後也覺得她說得也對。
「啊，我要一起吃。」
我拿起袋子，連忙站起身。看到一舉一動都不是很俐落的我，島村又笑了。
我在島村的帶領下走往一樓的廚房。不只是島村的妹妹有坐在廚房的座位上，連島村的母親都在。
「歡迎妳來。」
迎接我的這句話和島村先前說的一模一樣，聲音也很相似。
「坐那邊吧。」
我坐上她叫我坐的那個位子。島村和島村妹妹坐在一起，我則是獨自坐在另一側。從位置和在場的人來看，這裡可能本來是島村父親的位子。
「這還是第一次有人要來我們家住喲。」
島村母親深感興趣地看著我。她的視線讓我覺得畏縮，但聽到我是第一個來住的人，內心突然感到一陣雀躍。有股「我果然是第一個吧」的喜悅漸漸浮上心頭。

「不過不是來開讀書會的吧？唉，真可惜。」

不曉得是否嘴上說著可惜，但本來就沒有在期待，島村母親臉上露出悠哉的笑容。

以同學要到家裡住來說，也許那種和學校有關的理由確實比較適當。

要是被問到我為什麼要來就傷腦筋了，但還好她好像不打算繼續問下去。

我不經意地看向旁邊，就看到島村妹妹正不自在地戳著桌上的煎蛋。

她會縮著肩膀的原因當然是我。

我也低頭打開麵包的袋子。

「哎呀，其實我也有準備安達妹妹的份啊。」

島村母親開朗地說著「嘿～」遞過盤子。盤子裡裝著麵包和炒蛋。

「難道妳不願意吃我做的早餐？」

「啊，不……我要吃。謝謝您。」

我收起自己帶來的袋子，接下盤子。被溫柔威脅的感覺好新奇。

我慢慢嚼著麵包。往島村妹妹那邊一看，發現她也是和我一樣的吃法。

途中我們不小心對上眼，感到尷尬的我不禁低下頭來。島村妹妹似乎和島村母親不同，不怎麼歡迎我。我懂她的心情。因為我們的個性很像。

和我很像，就代表島村妹妹是想獨占姊姊的那種人。

「安達妹妹跟我們家那個孩子不一樣，有乖乖上學對吧？」

島村的母親向我搭話。我偷瞄島村的臉，不知道該怎麼回答。
「呃，那個……」
「安達也和我差不多喔。」
島村開口補充說明道。對對對，跟島村一樣，一模一樣。不對，我不上課的狀況還比她嚴重。
「是嗎？明明妳看起來是比我們家那個不良少女安分的乖孩子呢。」
「真囉嗦耶。」島村露出不快的表情。她加快了吃飯的速度，很明顯想快快離開這裡。
島村母親則是一副已經看穿島村這樣的態度，卻不介意的樣子。
我對島村的母親表示她太看低自己的女兒了。
「其實島村是比我還要優秀很多很多……的孩子。」
要說她是優秀的傢伙也很怪，說是好人又更怪了。
不過因為這樣就用「孩子」這個詞也說不太過去就是了。
「優秀的孩子？哈哈哈，原來如此，所以安達妹妹的年紀比較大一點嗎？」
島村的母親拍手叫好，大大誤解了我的意思。
她笑的音量大得連島村那句「沒這回事」的強烈否定都聽不清楚。
我本來是想幫她說好話，卻變成火上加油了。
島村把剩下的麵包一口氣塞進嘴巴裡。她鼓著臉頰說完「偶汁飽了（我吃飽了）」後就離開了。我害她生氣了嗎？我感覺自己也有些責任，便一樣把剩下的麵包塞進嘴中。我用力動著下巴，有些勉強地吞下麵包。

「我吃飽……了……」

我不流利地說著平常並不會說出口的話，隨後島村的母親又拍著手說：「妳們的感情很好嘛。」

我把用完的盤子拿去流理台準備洗一洗的時候，島村的母親便來到我旁邊說：「啊，沒關係啦。」

「真希望我們家那個笨女兒也可以學學妳這一點啊。」

聽到島村母親這段嘆息，我只能以微微點頭來回應。

我在低頭表示要離開之後走出廚房，追上島村的背影。

「妳生氣了嗎？」

「嗯？生氣什麼？」

轉過頭來的島村已經沒有鼓著臉頰了。語氣也是一如往常。

「喔，妳說剛才那個？我母親總是那個樣子，跟她生再多氣也沒用。」

島村笑著揮了揮手。她的話中沒有半點厭惡。

原來她們之間是這樣的關係啊——我對她們這種有點難以理解的關係感到佩服。

雖然因為這是我從沒體驗過的關係，完全不懂是什麼感覺。

「話說回來，安達。」

島村和我面對面，直直看著我。

她抱著右手臂，露出淡淡微笑說：

「好了，我們要來做什麼呢？」

島村這道既是提問，同時也是告知拉開序幕的聲音刺激著我的耳朵。

摻雜著希望與焦燥的心情重重壓在我的背上。

我有多久沒覺得假日是個特別的日子了？

「…………」

咦？我用漸漸清醒過來的雙眼盯著天花板，突然感到很疑惑。

也就是我今天一天到底都做了些什麼。

其實沒什麼事情好說的。我還是像平常一樣黏在島村身邊，而今天只是這種狀況延伸到一整天而已。我們玩了我帶來的黑白棋，兩個人坐在一起（不知道為什麼還跪坐）看電視，然後島村在知道我那些包包都裝些什麼後傻眼地笑了出來。

很緊張很拚命的只有我，島村則是和平常一樣順著流逝的時間度日。有時不經意瞄到她的臉，就發現她正帶著茫然的惺忪眼神看著某處。而她一和我對上眼，就會緩緩露出微笑。

每次看到島村這種有些遲緩的反應，心中就會有某種東西揪得緊緊的。我甚至感覺自己還沒摸清那到底是什麼，就被弄得一團混亂。

今天就是如此稀鬆平常的一天。

沒有發生什麼特別的事情，就只是待在一起而已。這就某方面來說，也許是符合我理想的一種形式，但我心裡同時也存在著期待發生一些戲劇性變化的自己，要適應這種心情上的落差還需要一點時間。

「…………………………」

真的完全沒發生什麼事，就來到獨自躺下的漫長夜晚了嗎？

不。

真要說的話，其實有發生這樣的事情。

「吃完要趕快去洗澡喔，妳每次都一吃飽就睡了。」

「好好好，妳說的是。」

吃晚飯時，島村隨意敷衍了母親的碎碎唸。不曉得是不是被人聽到這種對話覺得很難為情，島村偷瞄了我一眼。感覺像是立場反過來了一樣，好高興。

之後，我很驚訝晚餐連我的份都像是理所當然似的準備好了。

還有，這時候我是第一次和島村父親碰上面，他也很爽朗地笑說：「有年輕女孩在的餐桌真是亮眼呢。」跟我同年紀的島村聽到這段話倒是抽搐著臉，說不定這是島村父親自身風格的玩笑話。或許島村偶爾會下意識顯露的傻里傻氣，就是遺傳自她的父親。

吃完晚飯後，我們就到了二樓的房間。明明島村的房間是在一樓，她卻自然走來我住的房間，讓我覺得莫名開心。我甚至感到一種優越感，雖然也不知道是對誰抱有這種感覺就是了。這種類似萬能的充實情感究竟是什麼？

所以這時候我變得大膽了點，不小心就問了這種問題。

「我……那個……可以坐在妳的大腿中間嗎？」

我上次是怎麼問的呢？現在的我多少有比那時候還抬頭挺胸嗎？

因為我想不起來，所以也無法做比較，不過似乎是沒有什麼進步。

島村有些調侃地彎起嘴角說：

「妳不逃跑就可以。」

被戳到痛處了。我縮著脖子，戰戰兢兢地坐到島村張開的雙腳之間。我專注地盯著島村張成八字形的雙腳，還有大腿。島村的腳真的很漂亮。她穿旗袍一定比我好看，好想看她穿一次。

「妳不靠過來嗎？」

島村摸著我的肩膀這麼問。事情演變成跟上次一樣了。「那就失禮了……」我有些客氣

地靠向島村身上。啊，好軟，噫。我獨自被現況弄得不知所措。

……這時候的我……不知道該說很蠢，還是很奇怪，總之就是很不妙。

我感覺背部貼在那個上面，自顧自地紅起臉來。要說是貼到哪個上面，就是島村的……胸部。

現在跟穿制服時不同，只有薄薄一件襯衫，所以會感覺到貼在背後的那股隆起。我縮起來僵直身體，結果反而貼得更緊了。我慌到很擔心自己心裡的動搖會透過嘴巴洩漏出來，心跳也是劇烈加速。為何？為什麼？怎麼會這樣？——我無法理解自己身上產生的變化。

島村是女生，我也是女的。然後，現在島村的胸部貼在我背上。

我有什麼理由慌成這樣？

蹲坐著的我雙手在彎起的雙腿上慌張亂動。

當我像這樣動搖到拚死命地忍著不說話的途中，島村的呼吸就在我不知不覺間變小，也穩定了下來。她睡著了嗎？就算想回頭確認，也因為怕一動就吵醒她而覺得猶豫。結果我反而更繃緊了身子，屏起呼吸。

島村在休假時似乎就和字面上一樣，都在休息。

我感覺到島村就這樣往後躺了下去。啊……隨著她的身體離去，我有種洩了氣的皮球般的感覺……不對，是到剛才為止的我有些不對勁。

這樣就好了。我硬逼自己接受現實。

島村張著腳躺下來睡覺，而我蹲坐在她的雙腿間——這種畫面有點莫名其妙。

我想起島村母親在廚房說的那段話，忍不住輕輕笑了出來。

母親果然很了解自己的女兒。我的母親肯定也不例外。

那個人一定知道我是個難以理解的人吧。

就在我盯著島村的腳，思考這種事情的時候——

房間的門被人打開，門後探出了一張小小的臉往房間裡張望。島村似乎被開門的動作吵醒了，可以感覺到她的腳跳了一下。

進來房間的是島村的妹妹。她看向我們，瞇細了雙眼，小小的手上還拿著像是睡衣的衣服。仍然躺著的島村似乎在看到妹妹這副模樣後，判斷出她是要洗澡。

「妳想先洗嗎？真難得耶。」

島村的妹妹沒有回應提問，直接走進房裡。然後把頭撇向一邊說：

「姊姊，我們一起洗吧。」

「啥？」

島村聽到妹妹的提議，便坐了起來。我也完全沒預料到島村妹妹會這麼說，所以除了吃驚還是吃驚。

「妳怎麼突然這麼說？之前不是還覺得很害羞嗎？」

「偶爾一起洗有什麼關係嘛。好了，走了。」

島村的妹妹拉起姊姊的手。剛才提出疑問的島村還是站起來，就這樣半彎著腰地被牽著走。島村看了我一眼，說：「那個，呃……我去去就回。」然後就這麼不太能理解發生什麼事地離開房間。背後失去依靠的我抱著雙腳，像不倒翁那樣滾來滾去。

島村妹妹在出房門前也有轉頭看向我。

她不悅地皺起眉頭，兩邊嘴角往下彎。

我知道是什麼東西讓她彎下了嘴角。

不論是那東西的出處還是產生的理由，我全都了解。

所以我沒能出聲制止或是追上去。我只是茫然地看著眼前有如照著鏡子般的景象。

今天曾發生這種事情。

所謂「個性很像」，就表示我們突出的部分也在相同的位置。

若不調整相觸的面，直接相互衝突，那當然無法咬合。

我也想和島村的妹妹和平相處。但如果這麼做需要我放棄和島村有關的各種事物，就是錯誤的做法了。我不打算主動選擇不正確的答案。

光是為了追求最好的結果而拚命尋找出路都老是換來後悔了，怎麼能那麼做呢。

「……和島村一起洗澡，在同個房間睡覺……不過應該不是同床吧？」

我對島村的妹妹抱有一種類似憧憬的情感。

從撒嬌程度比我高卻還不會被拒絕這點來看，親妹妹這個身分果然很強大。那是一層屹立不搖的關係。

我持續帶著清醒的意識，直盯眼前的黑暗。

這麼做也沒像平常一樣微微有股睡意降臨。這麼一來，就真的會覺得夜晚很漫長。

「……………………」

我只是這樣單純躺著的時候，突然在中途意識到了一件其實察覺得太晚的事實。

也就是我的一天有一半以上都是被夜晚所占據。

有一大半時間都是像這樣獨自度過的狀況太奇怪了。以尋求島村這方面來說，這樣太奇怪了。

雖然我的日文也變得怪怪的，但我不特別在意這點。

要說我到底想說什麼，就是明明是為了和島村待在一起才來住宿，但一天當中有一半是和她分開的，不就讓住宿的意義減半了嗎？

就在一天快要結束的時候，我終於發現這件事了。

這時候我深深體會到什麼叫作事情發生了之後才會知道該怎麼做的道理。

所以我也應該在還來得及挽救時做出行動。

我還有明天。

我應該在這一天做些改善。

就是這一天，我要在這一天改變現況。

「…………………………………………………嗚……」

我這麼下定決心，結果清醒得一直睡不著。

早知道明天醒來再下定決心就好了。我又後悔了一次。

隔天上午要去打工。

因為我是受僱於人，所以也不好意思直說自己假日那一天不能來。

這讓我在島村家跟她在一起的時間變少了。

不過，也不完全是壞事。

「路上小心。」

沒有整理翹髮的島村揮手目送我離開。隨後，平時總是單純打開再關上的門就出現了一股力量。心裡同時存在著，聽到這道聲音後便有辦法踏出腳步的堅強意志，以及捨不得關上門的心情，讓我感覺好像有股溫暖的液體流往了胃的底部。

「我出門……了。」

好溫暖。有種溫暖的東西灌注下來，溫柔地濕潤我的背部。

「我……我要努力——！」

我握拳表達幹勁。島村先是驚訝得睜大雙眼，接著便搗著嘴角笑了出來。難得我開玩笑可以得到還算不錯的結果，今天說不定是個好日子。

我帶著好心情走到外頭，就看見萬里無雲的晴空正迎接我的到來。

果然是個好日子。

我踏著有力的腳步，思考著是什麼東西生成了這股力量。

我為什麼會把這段互動視作未知的事物，為此感到滿心訝異與喜悅呢？

不用想，當然是因為我跟家人處不好。

若我主動走近他們，情況會多少逐漸產生變化嗎？

雖然覺得為時已晚，但另一方面，看著感情很好的島村一家人，也讓我的內心冒出了一些想法。

想著想著，就抵達了打工地點。即使進到春天，在這裡工作的成員也沒有變化，而我打工時的裝扮也依然是旗袍。不過自從這身打扮受到島村誇獎以後，穿這件衣服就不是那麼痛苦了。我拉著衣襬，等待客人上門。就算不痛苦，露出腳還是會讓我靜不下心。

明明穿裙子也是大刺刺地把腳露在外頭，為什麼會有這種心情上的差距呢？

開始營業十五分鐘後，來了第一組客人。在他們之後，又來了一位獨自前來的客人。就算沒有特別注意，我的手腳也會自動動起來去接待客人。替客人準備濕巾、裝好飲用水——

這些習慣動作，就和單純的作業程序沒兩樣。這種行為沒有繼續下去的動機，卻也沒有停下的契機，是一種會不斷持續下去的動作。

我把裝好水的杯子放到獨自坐在桌前的女生那一桌上。

「請在決定要點餐之後叫我一聲。」我留下一句制式話語，正打算離開時——

「嗯？」

原本看著菜單的女生突然抬頭看向我。看起來不是要點餐。

我正困惑是怎麼回事時，眼前的女生就露出微笑說：

「果然，妳就是那個嘛，前陣子幫我撿到這個的人嘛。」

女生拿起包包，翻到另一面。我對掛在那個包包上的熊有印象。那是我在購物中心撿到的吊飾，而且跟掛在島村書包上的是同樣的熊。

這時我才徹底想起來她是誰。她是當時站在寵物店前面的女高中生。

「那時候真是謝謝妳了。」

「啊，嗯。」

我也順便想起自己曾決定要和島村有個成對的東西。

回去之後再一起去買或許也不錯。

今天真的都想得到、感覺得到一些好事。

是多虧接受了島村家的恩惠嗎？我積極地認定一定是這麼回事。

「哇，好誇張的表情。」

「咦？」

我聽她這麼說才回過神來。女高中生看到我的表情後，驚訝地張大了嘴。

我連忙摸起臉，端正自己的表情。到底是露出了怎樣的表情？——我被嚇得慌到眼前一陣暈眩。

「本來還以為妳很冷淡，原來妳的表情也可以很柔和嘛。」

女高中生順著我的反應傻笑了出來。

雖然我很怕問她真相，可是弄得自己苦惱不已更恐怖。

「我……我剛才是怎麼樣的表情？」

「唔……該說是缺乏緊張感的表情……嗎？」

「這樣啊……」

「整個鬆懈到不行，就像這樣。」

女高中生把自己的臉往下拉。

嘴巴附近特別不像樣，整個鬆懈到不行。

「……是嗎……」

「嗯。」

「請在決定要點餐之後叫我一聲。」

我從喉嚨以外的地方擠出面對客人時用的聲音。
我一說完，就趕緊離開了現場。我在耳鳴的折磨下拿起托盤。
被擦得閃閃發亮的托盤就像鏡子一樣，映照出滿臉羞紅的我。

我該說什麼進門呢？下班回來之後，我有些猶豫該怎麼做。
回到島村家還說「我回來了」也有點奇怪。畢竟這不是我家。
我回自己家時不會說半句話。因為回到家的那個時段，家裡沒有半個人在。
要再說一次那句話也很怪，不過我還是決定選擇說保險一點的話，然後打開門。
「打擾了……」
「哎呀，妳回來啦。」
聽到馬上就有回應，讓我很吃驚。
島村母親正在打掃玄關地板。我沒想到會被回應「妳回來啦」，意外得說不出話來。
看到島村的母親面露狐疑神色，我才終於吐出了卡在喉嚨裡的聲音。
「您……您好，我回來……了。」
我下意識地用半吊子的客氣語氣回話。島村母親看到舉止可疑的我，也沒有什麼太大的反應。

「抱月出門了喔，她說要去買東西。」

「啊，這樣啊……」

我一開始還在想抱月是誰。那是島村的名字。

仔細想想，就覺得這也許是個很有魄力的名字。

甚至有種高雅感。很難開口叫她抱月妹妹……抱兒？

「她馬上就會回來了，畢竟那孩子很怕麻煩啊。」

「是……」

「不過她從小就很愛睡覺了。她真的是個像無尾熊一樣愛睡的小孩呢。」

島村的母親深有感慨地說道。雖然我默默聽著她說這些，但因為不是自己家，所以沒有跟在島村身邊就會有種迷失居所的感覺。

這樣我會覺得沒有依靠，真的希望她可以早點回來。

「我們家的孩子在學校過得怎麼樣？」

島村母親再次向我搭話。我們家的孩子——也就是指島村。

「怎麼樣是指……」

「她有乖乖去上課嗎？」

島村母親轉身面向我，不過沒有停下手邊的動作。

「有。」

「那就好了。」

我從她的講法中感受到島村的風格。語氣相當乾脆，沒有任何留戀。

「我剛才也有提到那孩子很怕麻煩，要引導她很辛苦吧？」

咦？

「不，完全沒這回事，那個……其實正好相反。」

「相反？」

「我才總是受她帶領……帶領？對，實際上是這樣。」

雖然覺得這樣形容有點奇怪，但我想不到其他的說法。

聽到我這段話，島村母親像是聽見玩笑話似的笑了一下。

「哎呀，真教人意外。」

她笑起來時的嘴角也和島村非常相像。

接著可說是說曹操曹操到，某人打開了門。

「我回來了……啊，安達妳回來啦。」

回到家的島村話才說到一半，就換了一句問候。她手上拿著小小的紙袋。

「我回來了。」

「歡迎回來呀。」

再次問候後，島村就發現了母親的存在。她先是交互看向我跟母親，才開口確認：

「妳有說什麼奇怪的事情嗎？」

「嘿嘿嘿。」

島村母親的詭異笑聲讓島村瞇細了雙眼。但她沒有多說什麼，直接脫下鞋子。「嗯……」島村輪流看往走廊盡頭和樓梯，最後說聲「就去二樓吧」，就走上了樓梯。

我當然也開心地跟在她身後。這樣看來，用「帶領」這個詞來形容說不定是正確的。因為我簡直就像島村養的狗一樣，老跟在她的背後。

進到二樓的讀書房以後，島村說著「真是的」，撥弄著自己的頭髮。

「啊，對了對了。」

島村彷彿藉由碰到頭髮想起某件事一樣轉過頭來。然後露出燦爛笑容。

「安達，妳稍微蹲下來一下。」

「……？嗯……」

我照她說的彎起膝蓋。接著島村就伸手來碰我的頭髮。她手臂的影子蓋住了我的眼睛，而我正訝異她不知道要做什麼時，「像這樣……」島村就開始撥弄我的頭髮。她似乎是把從紙袋拿出來的某個東西別到了我的頭上。島村在弄好之後往後退一步，觀察我的模樣。

「嗯，這樣髮型就跟我一樣了。」

「咦？」

島村找來手鏡，映照出我的臉。鏡子裡的我臉有點紅，雖然這一點也許是一如往常，不

過和平時不同的是我左邊的瀏海有用花朵造型的髮夾夾起來。而我現在的髮型確實就如島村說的，和她一樣。看來紙袋裡裝的就是這個髮夾。

「因為髮色變得跟妳很像了，就有點想試試看。唔～意外的不像呢。」

她神情專注地看著我，害我羞得差點低下頭來。而且，我不太懂島村這麼做的理由。島村有時候會顯露這種難以理解的部分，讓我確定她果然是像爸爸。

但無論是出自什麼動機，我很高興島村會為了我而去買些什麼。

有點怕麻煩的島村，竟會為了我做出行動。

這已經是用任何事物都難以取代的一個結果了。

我摸著將結果化為具體事物的髮夾，這時，島村以「啊，對了」作為開頭，說：

「那個髮夾給妳，因為我有一樣的了。」

「……咦？」

由島村買給我，而且是和她同種類的髮夾。

這不就是和她有成對的東西了嗎？

島村是考量到這一點，才這麼做的嗎？不對，看她本人的反應倒像是沒有多想什麼。搞不好她連我們談過這件事情都忘了。

即使如此——

光是這樣，就讓許多情感在我心中迸發開來。那些泡沫四散之後，便有種散發著光芒的

東西流向深處。那東西帶來了耳鳴和暈眩，也給予我一種難以言喻的高昂。

我的手臂顫抖了起來。為心裡的情感不斷顫抖。

「我……我——！」

「噎！」

結果就變成我突然抱住了島村，還用力得像是要掐斷她的脖子。

但是我無法制止這股衝勁。

「喜……喜歡——！」

「咦，有種既視感——」

「島……島椿啊——！」

我把所有意念注入話語中，就吃螺絲了。

「妳說搗椿嗎？」

這樣會被說聽起來好像跟吃的有關係。舌頭上擴散開來的血味，味道真是糟透了。

「……是……倒裝，嗯……」

我在冷靜一點以後換一個說法。遇上這麼重要的場面，我的舌頭卻這麼不中用。

「還有，妳之前就做過這種事了喲。」

「……嗯。」

我在最後先是加強手臂的力道才放開她。島村看起來很平靜……不對，似乎沒有。

她一臉拚命忍著笑意的表情，看起來不是很平靜。
「嗯～真有趣。」
島村伸手摸著下巴，神情專注地注視著我。咦？
「妳的臉。」
她不知為何在過了一段不長不短的空檔後才這麼說。我用表情詢問她我擺出了怎樣的臉，她回答：
「拉長的臉。」
我完全無法聯想是怎樣的臉。究竟是什麼樣的拉長法？
最近真的常常被人說我的表情有……缺失？
難道我平常就用奇怪的表情示人了嗎？
我完全沒有自覺，不過……真是那樣嗎？
可是我也沒有方法能馬上確認自己的表情。不對，我已經確認了。
因為島村會告訴我。
「……先不管這個了。」
「可以不管嗎？」
我抓住感到疑惑的島村肩膀，要她坐下。我也坐到她正前方。
雖然頭髮上的髮夾讓我很開心，但我也很怕一去注意它，又會露出島村說的「有趣表

情」。接下來要拜託她的事情，得用更真摯的神情說出口啊。

「…………………………………………」

「安達？」

接下來會占掉今天這一天最多比例的是什麼？

是夜晚。太陽已經開始下山，之後占最多時間的當然是夜晚。

而我昨晚領悟到了，最重要的是該如何度過這段夜晚。

所以——

「島村。」

「嗯？」

「今晚……要不要……一起睡？」

牙齒根部傳來陣痛。感覺眼睛被往下拉扯，很乾，而且很痛。

「我是想這樣啦……」

我像是被責備的小孩一樣縮起脖子，提心吊膽地等待島村的反應。

我總是被「要是被拒絕怎麼辦？可是不說出口又無法把自己的意思傳達給她」的想法弄得糾結不已。我的內心充滿正面與負面的情感，但大多時候會是積極正面的想法奪勝。

我並非是戰勝自己的懦弱。純粹是島村贏了而已。

「嗯，是可以啊。」

島村乾脆地同意了，令我差點不禁懷疑自己是不是在作夢。

但我一搖頭，感覺到島村送我的禮物晃動的同時，察覺這是現實。

大概是因為島村的肯定話語來得毫不猶豫的緣故吧，我到現在都還沒有感受到衝擊和成就感。

應該說，既然這樣……

既然會變成這樣……

「早……」

「早？」

早知道昨天也提議這麼做就好了。我心裡吹起一陣名為後悔的強烈風暴。

我沒想到她會這麼輕易地接受我的要求。

拜託她讓我坐在雙腿間的時候也是，島村在一些奇怪的地方都不會有所抗拒。

應該說她平時就是這樣了吧。她是個難以捉摸的人。

所以我才會在不斷不斷的努力之後，又失足——

然後在無意識間勾到手，因而得以碰觸到她，最後得到至高無上的幸福。

那天晚上洗澡時我很仔細地洗過身體，甚至懷疑自己是不是想洗到變一個人。

結果我洗到皮膚已經不只是光滑，而是乾燥的地步了。

「……總覺得我老是會出些差錯啊。」

當蹲坐在鋪在房間裡的被褥上的我受到反省、自我厭惡與發燙臉頰的折磨時，島村就把自己要用的被褥拿來了……咦？

「咦？」

我困惑到不小心說出口了。

「怎麼了嗎？」

島村一臉疑惑地鋪著被褥。彼此的床鋪相鄰很像在旅行一樣，是很有趣味啦，可是……呃……我不敢說原來不是要睡在同張床鋪上，只好搖搖頭說：「沒事。」

我期待太高了。我抱著腳，獨自感到羞恥。

島村大字形地躺上被褥。仔細一看，發現島村的肌膚也浮現了淡淡紅色。她似乎已經洗好澡了。

她今天也是和妹妹一起洗嗎？這讓我有一點點像是吃上敗仗的感覺。

我們未來有機會成為甚至可以一起洗澡的好朋友嗎？究竟要花多少時間，才能讓島村對我敞開心胸到那種程度呢？這條道路相當遙遠、漫長，而且還很險峻窄小。

……不，我也不是想看島村的裸體。並不是。

我不奇怪。

不過這部分很難搞，我會想被島村擁抱是基於想追求精神滿足的願望，卻也需要肉體上的接觸……我不太懂自己在想什麼。

「不過，那個……這樣沒問題嗎？」

我斜眼看向島村。依然躺著的她，眼睛動了一下。

「什麼東西沒問題？」

「像是妹妹會不會介意，還有害她要自己睡之類的……」

這樣好像我搶走了她的姊姊一樣，有點過意不去。

「啊～沒關係，她今天也有朋友來住。哈哈哈哈。」

島村好像突然想起什麼似的笑了出來。說要來住的是指那個水藍色的女孩嗎？

雖然她若無其事地出現在這個家裡，不過她到底是什麼人？島村家的人看到她都不怎麼訝異，而且也沒人過問，所以我一直睜隻眼閉隻眼，可是一般根本不可能有那種髮色。

從可以跟那樣的人是好朋友這點來看，島村的妹妹或許也是有些特別的孩子。

跟她姊姊一樣。我偷瞄毫無防備地躺下的島村一眼。

雖然這話給我說很奇怪，但島村的思考在某些方面上有點脫線。

她會有這樣的感性，也許就是源自跟妹妹住在同個房間。

因為這樣，所以我也被當成妹妹看待嗎……

如果我真的真的在她心中占有真正特別的地位，那我也很歡迎這種現象。

但島村有親妹妹。我不可能在妹妹路線上贏過她。

我不能就這麼甘於現狀。

不過今晚我要盡全力掌握這層關係帶來的恩惠。

「啊，島村，差……差不多……該睡了吧。」

仍蹲坐著的我沒有確認時間，就開口這麼提議。島村驚訝地「咦」了一聲。

「現在才八點耶。」

「咦，啊，真的耶……」

我聽她這麼說才確認起時間，發現現在才七點五十分。明明我的體感時間，已經是大半夜了。

已經是該早點入睡的時間了。

「因為我打工很累，也一直在打哈欠，不知道是否因為這樣才會想睡，就覺得該睡……了。呃，而且明天還要去學校，要是遲到就不好了……之類的……」

我想編些很有道理的理由，不小心變得很激動。我想這個企圖應該是嚴重失敗了。

「妳這不是很有精神嗎？」

島村覺得傻眼地壓低視線。因為她說的完全正確，於是我又沮喪得蹲坐了起來。

我的內心不斷匆忙地變化，真的開始覺得累了。

「不過我也不是睡不著啦。」

躺在被褥上的島村像是覺得光線很刺眼似的閉上雙眼，表情也變得很柔和。

說不定這是我第一次看到島村「喜歡的事物」。

島村很喜歡睡覺……能知道這一點我是很高興，但這個情報很難作為參考。

「那我們睡覺吧。」

聽到可能是代替「嗯，算了」的一句話，我便轉頭看向她。島村正在伸展身體。

「反正也沒什麼事情好做。」

島村說完就站起來抓住電燈的繩子。

「我要關燈了喔，可以嗎？要去廁所嗎？」

「唔，嗯……關吧。」

「好喔～那，晚安了。」

關燈之後，島村就鑽進了被窩裡。我也小聲講了一句晚安，她有聽到嗎？

我們馬上就不再說話。到了這時候，我才慢慢開始訝異我們真的現在就要睡了。

脖子以上的感覺莫名清晰，好像整個人變成只有一顆頭一樣。

「………………」

我就這樣往旁邊滾啊滾的——

我認真思考這能不能用自己睡相非常差蒙混過去。這藉口有點牽強吧，嗯……很牽強，

非常牽強。這就是毫無辯解餘地的狀況嗎？

光是能躺在一起，就該感到滿足了嗎？

我跟她之間的隔閡不可能突然就全被填補起來。這讓我腦裡浮現「現實性」這個詞。

……不對。我悄悄搖了搖頭。

正眼面對現實並沒有錯，但太過拘泥於現實而輕視理想，就是錯的了。

不抱任何理想做出行動，究竟有什麼意義呢？

那樣不是行動，不是自己的意志。那叫作惰性。

我稍微抬起身子，偷偷觀察島村。

島村閉著眼睛，呼吸也很穩定……已經睡著了嗎？

我非常好奇地悄悄離開床鋪。我爬近島村身邊，觀察她的臉。我凝神察看島村沉靜、漂亮，又有如雕像的睡臉。

忍不住盯向她的嘴唇，眼睛底下就開始發燙。

我由衷希望可以聽到她主動問我要不要一起睡。

不過，我當然不打算做任何事。我只是單純在看著她。雖然因為以前作過的那個夢掠過腦海，害我心臟加速得快爆開了，但沒有人保證不會出狀況，所以不能做些沒有經過深思熟慮的事情。

看，她馬上就睜開眼睛了……睜開了？

她睜開眼睛了。我們在極近距離下四目相交。

「怎麼了嗎？」

似乎是我身體的影子一動，就吵醒她了。島村一臉疑惑。

只要冷靜回答她就好。反正我什麼都還沒做，之後也不打算做什麼。

根本就沒有什麼好愧疚的。

「在想妳是不是真的在睡了……」

「當然在睡啊，我都在被窩裡了。」

島村笑說我真是問了個怪問題。是啊，嗯。我打算趕緊退開。

但撐在地上的膝蓋和手，卻無法離開地面。

「……安達？」

我的身體要任性地說辦不到。

我的手腳拒絕那麼做。

大概是因為還沒忘掉只有頭的知覺莫名清晰的感覺吧。

我實在無法主動擴大這段距離。

三、二、一——

快動啊——心裡的勇氣對我如此下令。這股勇氣並非率先衝在前頭，而是用力往屁股踢了一腳。

這勇氣真是不負責任。

我用伸長脖子的感覺往前邁進。

咚——我用臉撲上島村的被褥。壓扁的鼻子發出一陣乾痛。

「妳掉下來的方式好像小飛蟲一樣。」

後腦勺傳來島村的感想。下定決心抬起頭後，發現我們之間的距離意外的近。

「可以……一起……睡嗎？」

我不用婉轉的說法，用發著抖的舌頭拜託她。

現在是該由自己做出行動的時候了。就算繼續等下去，也得不到任何結果。

島村依然面無表情地輕輕說聲「原來如此」。我正困惑她究竟了解什麼時，島村就掀開了棉被。我一用眼神問「真的可以進去嗎？」，島村就翻過身面向我，然後招手要我過去。

鼻子的疼痛告訴我這不是在作夢。

要是我有長狗尾巴，現在一定左右擺動到幾乎要斷掉了吧。

我直接用僵硬的動作滾過去，鑽進棉被裡。

這麼不順暢的滾法讓我只覺得絕對是洗過頭，弄得皮膚太過乾燥。

壓在底下的左半身沒多久就麻痺了。

我們睡在同一張床鋪裡，在極近距離下面對著面。感覺要是鬆懈下來，就會不小心慌得叫出聲。

島村露出燦爛的笑容。因為很突然，再加上距離又近，令我受到了一股衝擊。

「怎……怎麼了？」

「因為昨天晚上我妹也有鑽到我的被窩裡來。」

「……是……是喔。」

我在黑暗中為自己做出和島村妹妹一樣的行為感到羞恥。

「而且還一直纏著我要這樣做呢。」

島村伸出手，然後把手臂伸進我的頭和被褥之間。

這是——

我感覺到島村手臂的溫暖後，才慢半拍地理解發生什麼事。

這是所謂的「臂枕」。

「姊姊的手臂躺起來怎麼樣啊？」

島村用調侃我的語氣詢問躺起來的舒適度。我還沒入睡，就覺得好像在作夢了。

「欲仙欲死」就是指這種情況嗎？該怎麼用言語表現這種令人陶醉的感覺呢？

「快……」

「快？」

「快哭出來了。」

我下意識地老實講出實際狀況。島村臉上寫著「這有這麼讓人感動嗎？」，不過我對她輕輕搖了搖頭。我沒有很激動，而是正好相反。我的心情很平靜。雖然有覺得很感動，但同時，我的內心也瞬間有股解放感擴散開來。

「感覺心情非常平靜，而且平常繃得很緊的眼睛底下和胃的底部都變得很放鬆。」

所以才會被沉靜的情感給玩弄得幾乎要流下淚來。

「是那樣嗎？」

我點頭告訴島村就是這樣。島村沒被快哭出來的我嚇著，看向我的頭髮。

「妳的頭髮還有點濕濕的。」

「嗯。」

因為我剛才焦急得坐立難安。但如今那份焦躁也已經遠去了。

「這種有濕度的溫暖會有種獨特的舒適感呢。」

島村的手撫摸著我的頭髮。光是這樣，就讓我受到一種黏稠液體的環抱。

那種液體大概是叫作幸福之類的名字吧。

「……我可以把手收回來了嗎？」

「還不行。」

我像個耍任性的小孩般，抓住島村的睡衣。

島村盯著我全力抓住睡衣的手，輕輕嘆了口氣。

「要到什麼時候才可以？」

「到我睡著的時候。」

我睜著眼回答。老實說，我完全沒有睡意。

即使沒有睡著，我的世界也在一種柔和的東西的懷抱之中。感覺輕飄飄的。

「真是個讓人傷腦筋的孩子啊。」

島村用像是在哄孩子的語調發出苦笑。不過，她沒有把手抽走。

黑夜中，我在離她很近的距離下呼了兩口氣。映照在這雙已經適應黑暗的眼中的，只有我非常重視的那個人。

「話說回來，明天要換座位了呢。」

島村應該是並未多想就提出來的這個話題，對我來說卻是出乎意料的一件事。

「咦，是嗎？」

我還是初次聽說。島村在眼神短暫地疑惑游移後，才恍然大悟地說：「啊，對喔。」

「因為妳蹺課了，所以沒聽到這件事情。」

「啊，原來……」

是這樣啊。我也理解到為什麼自己不知道了。接著我立刻為要換座位這件事，驚訝得差點瞪大眼睛。

這下糟了。

明天就要換的話，根本沒時間祈禱。

「安達？」

明明我想盡可能接近島村，就算是一步，甚至是一公分也好，卻無法好好祈禱。

要是我被排到最前面，島村在最後面怎麼辦？

「如……如果我們的新座位能像現在這麼近就好了！」

我想得到一些類似保證或是安心之類的話語，不禁向島村尋求依靠。

但島村卻笑著出言否定。

「呃，真的這麼近的話，會有很多問題吧。」

島村很冷靜。我從沒看過她慌得不知所措的模樣。

「那就像兩個人坐在同一個位子上課一樣不是嗎？」

聽她用隨意的語氣這麼說，我有點沮喪。

因為我沒能接受她用隨意態度看待這件事的事實。

「反正船到橋頭自然直啦。」

原來我的表情有不安到可以從外表看出來嗎？島村居然對我這麼說。

其實也可以那麼想。或許那種想法正表現了島村的個性吧。

可是我要是想著船到橋頭自然直，鐵定會變回孤獨一人。

所以——

我直直面對、注視自己懷抱的不安及產生不安的理由，詢問自己。

稍微想想，就會發現這件事其實很簡單。

無論最後座位怎麼安排，我們又會離得多遠——

「明天中午……也一起吃飯吧？」

也只要立下約定就好了。我先前一直沒察覺到這一點。

「嗯，當然。」

島村慷慨答應，讓我「放心」下來。

透過話語、態度和溫度。

「所以，妳就放心睡覺吧。」

藉由島村這一句話，我內心的情感找到了出口。

聽到別人要自己放心就能放心，這是何等幸福的一件事。

島村她——

應該絲毫沒察覺我的願望和心情上的微妙變化那一類的祕密吧。

但是……

「安達。」

島村閉上雙眼，用溫柔的語氣呼喚我。

島村她——

到頭來還是會在最後給予我所有我期望的事物。

「晚安。」

抵抗這段被迫接受的入睡時間，也是毫無意義。

於是我也閉上眼，漸漸沉入睡眠時的夢境當中。

「晚安——」

島村。

我在最後小小聲地呼喚了她的名字。

附錄「日野家來訪者3」

永藤大字形地躺在浴缸裡。而因為是浴池，所以她當然是全裸的狀態。

水平躺著的永藤目前最突出的部位是胸部。

可惡，一般來說會是鼻子吧，一般來說！

「浴池這麼大真不錯呢～」

「因為我們家很有錢啊～」

正在洗頭的我隨便附和她的話。永藤家的浴室確實很小。

她家本身就很有歷史了，所以浴缸也必然是符合那個年代的大小。她家的浴缸小到連腳都沒辦法伸直。如果是以前就算了，現在的我跟永藤根本沒辦法一起進去。主要是因為永藤的關係。

「真幸福啊～真幸福～」

永藤擺動雙腳表達她的喜悅。接著她的頭去撞到浴池的邊邊，就沉下去了。

看來她覺得舒適到像是住旅館一樣。我有點擔心她會不會說一陣子之後又要來。

之後我們洗好，就先坐在浴池邊緣等發熱的身體涼下來。

雖然我覺得明明是要冷卻身體卻貼在一起坐很莫名其妙，但也沒有拉開距離。

「天空好漂亮啊。」

永藤半張著嘴，小聲說出洗好澡後的第一句話。

「不覺得風大的日子很棒嗎？因為晚上的天空也會跟著變得很晴朗。」

「嗯～？喔，是啊～」

大概是因為雲會飄得很快，所以單調的夜空就變得比較有張力了吧。

雖然我實在不覺得永藤會想得那麼深。

這傢伙會把看見的東西一五一十地吸收進腦袋裡。先不論是好是壞，她都不會摻雜半點自己的想法。

「而且這裡因為庭院很寬廣，所以景色也很遼闊呢。」

永藤說完又接著誇獎這個浴池是好地方。我個人無法同意她這番說法。

「我倒比較喜歡妳家那樣的大小。」

而且來回其他房間也比較輕鬆。永藤只是偶爾來一次，所以可能會感覺看到的每樣東西都很新奇，但寬敞的房子住習慣了就會覺得麻煩多過新奇。要打掃房間也很累人。

「日野這想法真是奢侈啊。」

「我這樣反而算儉樸吧？都說喜歡狹窄的房子了。」

永藤乾脆地說了句「說得也是」。同時還不斷晃著垂下的雙腳。

「要來交換住的地方嗎？」

「喔～這主意不錯耶。」

要是可以說換就換，我還真想換一下啊。

真要換的話，我希望傭人和哥哥他們也一起搬過去。光是想像鄉四郎哥在永藤家會怎麼過活，就差點笑了出來。大概會連展示櫃裡的肉都擺得整齊到像用尺量過吧。說不定他意外適合住在永藤家。

想著想著，永藤突然轉過整個身體面向我。

「妳看膩天空了……嗎？」

永藤抓起我的手，然後把我的手放上她自己的胸部……部……部……

我的手掌沒有引發任何聲響，靜靜地貼上了她的胸部。當我被嚇得不知所措的時候，永藤笑說：

「想說偶爾也讓妳摸一下。妳很喜歡胸部吧？」

「呃……啥？我說……妳啊……」

「我人很好對吧。不過，手指盡量不要亂動喔。」

這什麼鬼提醒啊——我連耳朵都開始發燙。我動也不動地把手放在永藤的胸上。

我的手掌幾乎沒有感覺，只感覺得到永藤抓住我手腕的指尖。

「開心嗎？」

「好熱。」

熱的不只是我的手，連腦袋也是。我不懂我們到底在做什麼，羞得抬不起頭。

「已經摸夠了，謝謝妳。」

因為我開始受不了這種狀況，就把手移開。但我一這麼做——

「哇！」

永藤就抱住我的頭，把我拉過去。我意外靠上了永藤的胸口。永藤身體和熱水的溫度直接傳達到我身上，害都已經不再流汗的我又開始冒出汗水。

「妳到底是怎樣啊，從剛才開始就一直做些奇怪的事情。」

「日野真的很可愛呢～」

她像在疼愛玩賞動物般，隔著我頭上的毛巾摸我的頭。

虧妳有辦法這麼輕易開口誇獎人啊。比起被她說可愛，她這一點更讓我害臊。

我在任她隨意摸頭的當下，感覺自己好像觸及了永藤的本質。

雖然小學老師把她當成不聰明的笨蛋，不過簡單來說，這傢伙就只是很老實罷了。

永藤會把看見的事物一五一十地吸收進腦袋裡。

我想，即使是面對自己的感受及情感，這種態度肯定也不會有所改變吧。

我想不到該用什麼方法抗拒這種傢伙。

因為我沒辦法像她那樣老實。

我費了好一番工夫，才終於吐出一句聽起來語帶諷刺的回答來掩飾心裡的害臊。

「妳真的是很喜歡我耶。」

「嗯。」

……妳多少害羞一下啦。

「今天的安達同學」

因為島村露出幾乎是毫無防備的笑容，於是我理解到這是夢境，並心想既然是夢，那應該拜託她做什麼都會接受吧？沒問題吧？可以吧？就下定決心地張開雙手說：「抱……抱抱我！先摸摸我的頭再抱一下，然後把腳……」結果島村「咦～」地苦笑了一聲，害我以為這該不會不是夢吧怎麼辦——而就在我慌得手忙腳亂的時候，卻看見了漆黑房間裡的天花板。

我的心臟劇烈跳動到傳出疼痛，讓我不禁把手放上胸前。

「…………………………」

我累了。

第六章

「愛與櫻……」

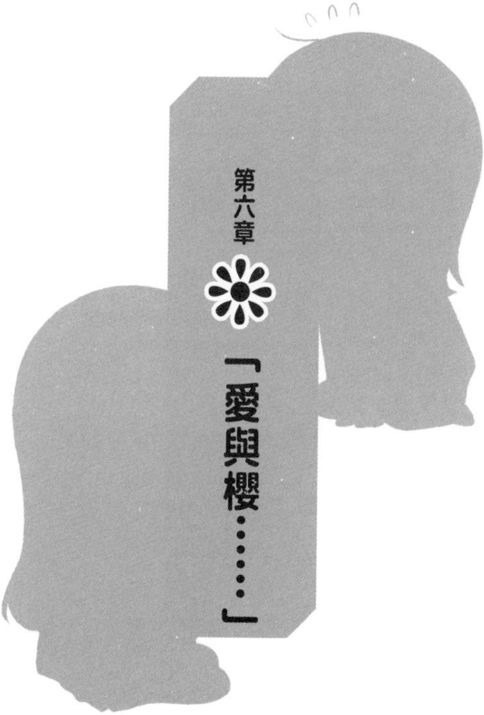

我閉著眼睛煩惱該裝睡到什麼時候。

我有發現陽光照在背上，也就是已經來到了早晨時分。但我在這道陽光下聽到的不是小鳥的鳴叫聲，而是安達的細語聲。

安達正在祈禱。

說「希望座位能被排在島村附近」。

她這麼熱切希望坐在我附近，我會很困擾該怎麼反應。而且也不能隨便爬起來。

難道升上二年級要分班的時候，她也是像這樣一直祈禱嗎？她那時候的願望大概實現了吧。我想起安達在春天景色當中跳起來的模樣。

突然——雖然想必就是安達，總之我感覺到有人翻身。接著，就有一隻屬於他人的手和我麻痺到沒什麼知覺的指尖重疊。那隻手使力握住我的手。明明已經是春天了，安達的手卻有點冰涼。

隨後那隻手不再有任何動作，而握著握著，那股冰涼感就漸漸消逝。

漸漸染上我的溫暖。

我默默覺得這樣有點可惜。

我擺動手臂，假裝自己好像現在才清醒過來。安達的祈禱因此中斷，我也從手臂上感覺

到她的頭移開。緩緩睜開眼睛，就看見眼前的安達緊閉著雙唇。

她連忙移開原本握著我的手轉向我，似乎以為沒有被我發現。

她的臉呈現名符其實的櫻花粉紅色，而且感覺她頭的位置比睡著前靠得更近了。實際上，目前她的重量也確實是壓在我的手肘。我們之間的距離近到感覺只要翻個身就會撞到額頭，很危險，我們兩個的頭會大力相撞。可以說我們的睡相都不差真是太好了。

「早安。」

「早……早……早安……」

安達的頭僵硬地晃了晃。

眼睛完全睜開之後有些乾乾的，讓我感覺到自己起得很早。

再怎麼說，晚上八點就睡也當然會早起。反倒是一直睡到剛剛才醒的我可能有點睡太久了。但就算睡這麼久了，還是有點想睡。一不注意就打了一個哈欠。

「妳昨天……在做什麼？」

「什麼？」

安達忽然問起莫名其妙的問題。

「我在想昨天晚上，呃……島村在做什麼？」

她又一次提出了令人無法理解的疑問。當我正感到困惑的時候，安達的耳朵變得像煮熟了般赤紅。

「妳說晚上……呃，我不太懂妳的意思。我在睡覺啊。」

我不就在妳眼前嗎？不是還把手伸出來給妳當枕頭嗎？安達妳沒事吧？

還是說，其實在我沒知覺的時候有發生什麼大事嗎？

或者是安達做了什麼。等等確認一下臉上有沒有被塗鴉吧。

明明我這邊正體會身處恐怖電影情境的詭異氣氛，安達卻說著「那……嗯，那就好」，然後由衷感到放心似的縮起身體。她闔眼藏起濕潤的雙目，頭靠著我的手臂，臉上則是露著平靜神情。感覺她隨時都可能睡著。

感覺好像也聽到她的嘴巴說著「還好只是場夢」。

看她露出這種表情，我也不好意思搖醒她來追問詳情，只好就這麼沉默下來。

沉默持續了一段時間。但沒有講電話時那種有如落入深谷，被束縛手腳、限制行動的痛苦。我在頭部的重量和手臂的麻痺中感覺到一股不明的舒適感，不禁打了個哈欠。被當作枕頭的那隻手的指尖麻得不時抖動。

日野和永藤也會像這樣閒著同床發呆嗎？

我隱約能知道那兩個傢伙會是什麼情形，不過我們又是怎麼樣呢？我在可以動的範圍內轉頭看向時鐘，發現已經是不趕快起床準備不行的時間了。再繼續鬼混下去，母親可能會來叫我們。

安達不起來，我也沒辦法起來。但安達沒有要起來的樣子，依然閉著眼睛。稍微動動手臂，安達的臉頰就開始發燙，逐漸冒出紅紅的小圓圈。大概是因為她皮膚很白的緣故，馬上就能看出她臉色上的變化。若在夏天曬黑了，她給人的印象又會不一樣嗎？而那樣的情境，也不是遙不可及的理想。

為了看見那樣的夏天，我現在該做的是把安達叫醒。

看起來一副睡眠不足的模樣還得叫醒她令人很過意不去，但看來我必須當她的鬧鐘才行了。我有些大力地搖晃手臂。安達搖搖頭表示抗拒。

她抓著我的睡衣一角，僵起身體做出抵抗。

這樣的安達究竟哪裡成熟穩重了？

真是個讓人費心的孩子啊——我只能給眼前這個撒嬌鬼一道笑容。

「慢著，小妞。」

正在玄關穿鞋子時，母親叫住了我。就母親對我的稱呼來說，這叫法挺新穎的。

「把這個帶去吧。」

她遞出了長方形的包袱。「安達妹妹也拿去吧。」她也遞一個包袱給安達。

我收下之後感受著包袱的觸感，問：

「這是什麼？」

「看了還不知道嗎？」

「又有午餐了？」

「沒錯。」母親豎起拇指。我很驚訝她怎麼會突然替我準備便當。

母親原本「呃～」了一聲，似乎是想試著和我說明，但最後還是說「太麻煩了」省略掉解釋。

「不用再留下來聽我說話了，快走吧。不然會遲到喔。」

她說著「快走快走」趕我們離開。我心想，她到底是心境上有什麼樣的變化，同時看向安達。

安達半張開嘴，直盯著剛收下的便當盒。

經過這樣一段事件後，今天也要很有精神地帶著鬱悶心情上學了。

話說回來——我搭在腳踏車後座時察覺了一件事。

「我們這是第一次一起上學吧？」

就算曾讓她載我回家，我們也不會在上學的時候同行。安達不管自己正在騎車，仍然轉頭望向我。她小聲回答「可能吧」之後還是盯著我看了一段時間，於是我不得已只好看往前方，替她看路。

上頭有著點點光芒好似水珠的路樹、建築物牆上的髒汙、人潮與車潮。拉著一條彷彿袖子般長長尾巴的白雲，以及曬著我變回黑色的頭髮的熾烈太陽。我們正感受著比春天還熱，

卻又比夏天時溫暖的陽光全力照射。

五月已經在各種地方探出頭來了。

通過住宅區後的通學路段在晨光日曬下，無論是美好或是髒汙，都變得很顯眼。

星期日過完後理所當然的，就得要去學校。我們覺得反正都要一起上學了，就乾脆騎腳踏車雙載過去。而因為安達也有帶上來住我家時帶的行李，所以她現在有三四個包包，而且還載著我，但騎車的她踩起踏板沒有很吃力。就算在開玩笑，也難得會覺得安達很可靠。

「差不多該看回前面了喔。」

我用手指輕推安達的後腦勺。安達依依不捨地彎下嘴唇，把頭轉回前方。

隨後我在準備收回手時，發現了留在手背上的一些痕跡。上頭還留著一點讓安達枕著的痕跡。皮膚上出現了枕頭花紋壓上去的輪廓。捲起制服的話，也會看到安達留下的痕跡嗎？我隔著衣服撫摸自己的手臂。

我把手放在安達肩膀，觀察起她的模樣。她心裡的緊張不是顯現在臉上，而是出現在握著腳踏車把手的手上。她握緊把手的力道太大，手背的筋都浮出來了。大概是因為，之後在學校教室裡要進行至少對安達來說是重大活動的換座位吧。

不對，其實還不曾換過座位，所以正確來說應該是決定座位吧。

祈禱能夠對抗現實到什麼地步呢？

不改動任何物體，只花時間在耗費精神力的行為會變得有意義嗎？

包括想知道祈禱會有多大效果在內，我很期待座位的安排結果。

入學典禮當天好不容易趕得及看見凋零時期的櫻花，現在已經不見半點影子了。

說起來，我有特別去注意過綻放的櫻花嗎？走在通往校舍的路途中，我偶爾會抬頭仰望天空，思考著這種事。春假後來學校時，櫻花大多會開始凋謝，視線反倒會飄往鋪滿地面的花瓣。

我說不定只曉得櫻花樹凋零後長出綠葉的青綠模樣。

一旦開始在意，想看看的慾望也會跟著變高，但時鐘的針不會再倒轉回去。

我的人生當中，還會再經歷幾次櫻花的綻放與凋落呢？

「……嗯……」

我輪流看向打開的籤和寫在黑板上的號碼。

換座位的時間就在我東想西想的時候結束了。

大家要以名字的五十音順序過去抽老師準備的籤，再照著寫在黑板上的數字移動自己的桌椅。我從落在我背後的視線察覺到，安達應該已經移好座位了。

我自己是要移到原本位子左邊那一排倒數第二個座位。

而安達則是坐在我右邊第三個位子。

「……好普通的結果。」

既不是變得非常近，也不是變得極端遙遠。

雖然增加了一列的距離，可是前後的距離縮短了。照這樣來看，祈禱到底算發揮了多少效果呢？在大家仍繼續移動座位的嘈雜教室中，得以早早就定位的我托著臉頰偷偷觀察安達的狀況。

我一往旁邊看，就和安達對上了眼。安達的表情沒有太大變化，但她也沒低著頭，看來她對抽籤結果還算挺滿意的樣子。安達正用呆滯無神的飄移眼神看著我，跟我在被窩裡看到的眼神一樣。簡單來說，就是看起來很想睡。

她今天應該會一直是這副模樣吧。我有些同情地露出苦笑。

之後，我在上課時間趁著老師說話的空檔往旁邊一看，就跟安達四目相交。

安達在和我對看一小段時間後，就耐不住地撇開了視線。但我繼續看她，她就又再次往我這裡看過來。即使中間隔著兩三個人的頭，彼此的雙眼還是把焦點放在對方身上。接著，安達又把臉撇開了。

她低下頭，慌張地用手指順著課本內容移動。

恐怕就算眼睛有看見那些文字，她也沒有看進腦袋裡。

她搖擺不定的頭髮上附著我昨天送她的那朵花。

我在這樣子的安達身上感受到讓人心情平靜的氛圍，並將視線投向了有刺眼陽光竄入的窗邊。
已經五月了啊——我感慨地瞇細雙眼。感覺就像升上二年級以後的生活，在我閉著眼睛時過了一個月一樣。高中時期的四月只會再來臨一次。五月、六月，還有今後的課程也不會再出現第二次。人生沒有任何可以重新來過的手段。隨著時間流逝的腳步加快，不管我願不願意，都會意識到這個道理。
能悠哉度日的時光，並不會無限延續下去。
鋪滿地面的櫻花花瓣，或許正象徵著我那些逐漸流失的時間。
安達一定是因為知道這一點，才會每天都拚命到甚至像被逼上絕路——我這樣會不會太高估她了呢？而安達雖然偶爾會差點失去意識，卻也不曾完全閉上她睡眼惺忪的雙眼。看著安達努力的模樣，我的嘴巴也自然而然地擺出笑容。
那就像是輕輕碰觸春天的溫暖般，去除了我胸口的鬱悶。
啊，原來是這樣啊——我稍稍逃離原來那股窒息感，得出這個答案。
未來……對，未來的某一天。就算無法做出明確想像，也無法避免它到來的將來。
一個根本沒有春假的世界。
說不定身旁會沒有任何人陪伴的未來。
我也會有不特別冀望，卻仰望著盛開櫻花走在春天之路上的一天。
在那之前，先滿足於眼前綻放的櫻花樹也不壞。

我深信這樣也不壞。

現在是四月底，已經沒有任何地方的櫻花還開著了。

所以我要在安達身上尋求「櫻花」。

她那張側臉當中，一定存在著櫻花的蹤影。

後記

《沉默的未知》現正暢銷中。

那，我要來提一下香蕉過敏的問題，我完全無法吃下半點香蕉。奇異果似乎也不行，總之大家好。鳳梨似乎也不行，還是說聲大家好。熱帶水果好像很討厭我。永別了，大溪地。雖然我也沒去過就是了。

總而言之，本次是《安達與島村》的第四集。本系列也出了不少呢。不過，要是繼續寫下去，會讓我很傷腦筋的就是又輪到下次十二月跟二月的時候。畢竟要再玩一次一樣的節日好像也有點無趣。一些漫畫作品都是怎麼處理這類問題的呢？

本集就是想著這些問題寫出來的。感謝各位購買本集的《安達與島村》。

而我現在聞聞自己的手，就覺得這傢伙真的總是帶著一股氣味啊。

還有我最近在想，會因為工作內容就改變用心程度的人基本上是不值得信任的。

也就是既然事關金錢，無論如何都不該偷工減料，要用心去做的那種意思。

希望我也可以變成那樣的人。不過，我也根本不清楚小說要怎麼偷工減料就是了。

其實在寫這段後記的時期，我正在玩《喧嘩番長6》。然後每年期末考的數學題目都讓我真的不懂該怎麼解這點，令人感覺到了時光的飛逝。另外，我也有玩《憂世之志士》跟《憂世之浪士》。尤其憂世系列這種可以腰掛著武士刀和人來一場刀劍武打對決的遊戲意外地難得，我玩得很開心。不過我好希望拿刀和收刀的動作也可以用NPC那種的啊。

話說回來，去年辦簽名會的時候，曾有人熱切提議要不要讓島村她們去一趟溫泉旅行。不過，女高中生會出遊去泡溫泉嗎？雖然我是有看過女國中生結伴去泡溫泉的漫畫啦。

在這裡要感謝編輯M大人、A大人及O大人。實際上若只有我一個人也沒辦法出書，而且有些部分是仰賴各位的協助才得以解決，所以我雖然講得不多，卻是真的非常感謝三位。還有，我也很感謝のん大人繪製的插圖。

另外，我是會在「尊敬的人」這一欄寫上父母的好孩子。

至少到上小學的時候是這樣。

可是看到連藥都一起摻進海蘊裡吃的老爸，我的想法就會有些動搖。

如果本系列有續集，還請各位多多關照。

入間人間

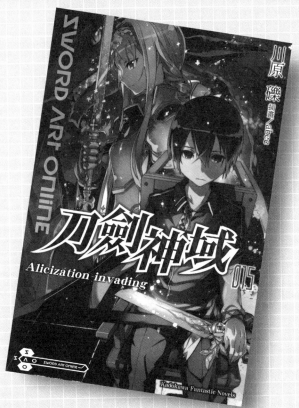

Kadokawa Light Novels

新約 魔法禁書目錄 1~9 待續

Kadokawa Fantastic Novels

作者：鎌池和馬　插畫：はいむらきよたか

集結各方勢力依舊戰敗後的世界，
上条當麻即將面對的是無止盡的絕望……

各方勢力齊心對抗「搗蛋鬼」，然而所有努力卻在「搗蛋鬼」算計下化為烏有……世界終究迎向毀滅。

在永無止盡的絕望中，上条當麻唯一能依靠的，就只有寄宿在右手的幻想殺手，以及對容身之處的眷戀——

各 **NT$180~280/HK$50~85**

台灣角川

國家圖書館出版品預行編目資料

安達與島村 / 入間人間作 ; 蒼貓譯. -- 初版. -- 臺北市 : 臺灣角川, 2016.01-
冊 ; 公分
譯自 : 安達としまむら
ISBN 978-986-366-902-9(第4冊 : 平裝)

861.57 104026056

Kadokawa Fantastic Novels

安達與島村 4

（原著名：安達としまむら 4）

2016年1月25日 初版第1刷發行
2024年3月22日 初版第8刷發行

作　者：入間人間
插　畫：のん
日版設計：鎌部善彥
譯　者：蒼貓

發行人：台灣角川股份有限公司
總監：呂慧君
總編輯：蔡佩芬
主編：林秀儒
編輯：黎夢萍
設計指導：陳晞叡
美術設計：黃永漢
印務：李明修（主任）、張加恩（主任）、張凱棋

發行所：台灣角川股份有限公司
地址：104台北市中山區松江路223號3樓
電話：（02）2515-3000
傳真：（02）2515-0033
網址：www.kadokawa.com.tw
劃撥帳戶：台灣角川股份有限公司
劃撥帳號：19487412
法律顧問：有澤法律事務所
製版：巨茂科技印刷有限公司
ISBN：978-986-366-902-9

ADACHI TO SHIMAMURA Vol.4

Edited by 電撃文庫
First published in Japan in 2015 by KADOKAWA CORPORATION,Tokyo.
Complex Chinese translation rights arranged with KADOKAWA CORPORATION,Tokyo.